妖精ちゃん

YOUSEI CHAN
Tatsukazu Hattori

服部達和 著

JN106972

鉱脈文庫
ふみくら
35

目次

妖精ちゃん

一

真理《まり》と愛美《あみ》は凡庸な高校生である。二人は親友であって、双生児ではない。しかし、二人には共通性も多く、外見的にも類似性を有している。通ってきた小学校の六年間も、中学校の三年間も、どうしてだったのか同じクラスだった。小学校での学業成績は良く、中学校での教科内容もよく理解できていた。運動能力はそれほど高くなかったので、得意でも不得意でもなかった。

入学が少し難関だといわれていた高校にも二人揃《そろ》って受験をして、高校でも同じクラスになった。そして勉強面でもスポーツ面でも二人は拮抗していて、努力をしながら、二人の友情は育まれ続けていた。

そのような二人が、ある日不思議な体験をしたのだった。その不思議な体験をした日の夜、二人はそれぞれ、自分の父母や兄弟姉妹等各家族に自分の体験談を話したのだが、誰も信じてくれなかった。次の日、二人は学校へ行って二人揃って、体験したことをクラスメートに話したが、やはり誰も信じてくれなかった。その体験談とは、妖精に出会ったという内容だった。二人は屈託なく話をするので、各家族に妖精のことを話したことも、クラスメートに話したことも、二人には自然だったのだが、二人が妖精と出会った内容を家族もクラスメートも真剣に受け止めなかったことは、それはそれで当然だろうと思った。しかも、クラスメートの一人が、

「裏山の高台の奥にある雑木林を下っていくと、そこは隣町だよ」

と教えてくれた。

真理と愛美は、雑木林を下っていくと隣町に辿り着くと聞いて、変だなとは思ったが、それはそれでいいと思った。妖精と約束した「妖精ちゃん、この草原を私たち二人との秘密の場所にしない。妖精ちゃん、また、ここで会いましょうよ」という言葉は、努めなくても自然と守られることが確約されたからであった。

そして、真理と愛美は、再び約束の場所で、なんとしても妖精と会いたいと強く思っていた。

高校の同級生たちが「裏山」と呼んでいる高台は、決して学校の近くにあるわけではなかった。学校から高台の反対方向に進んでいくと、街がありオフィスや商業施設等が林立している。その中を鉄道も走っている。そしてさらに進んでいくと、

そこは海岸となっていて広大な海洋がずっと続いている。海とは反対側が高台となっているので、海と高台のほぼ中間くらいの地点に高校は位置していた。

前回、真理と愛美が高台に登った時は、天気が良く青空が広がり、海も真っ青だった。次に妖精と会う時も、二人は同じような快晴の日に会うことにしようと決心していた。

高台から奥に進んでいくと雑木林になっている。クラスメートは雑木林は隣町へ下っていると言ったが、真理と愛美の感覚では、雑木林を苦労しながら進んでいくと、雑然とした難所が続き、かなり長い雑木林を通り抜けると、そこには見たことのない緑の大地が広がっているという風景だった。

真理と愛美が初めて裏山と呼ばれる高台へ登った日は、天気が良く青空が広がっていた。遠くの大洋へ目をやると、青い海が、空の青さを反射していてキラキラとどこまでも広がっていた。あの時真理が、

「海の青は空の青を映しているのだと思うけど、どうして空は青いのかなあ」

と言ったのに対して、愛美は、

「空気って、酸素や二酸化炭素だけじゃないじゃない。大気中には窒素や酸素や炭素等いろんな分子があって、そんな分子だけでなく塵や水滴や花粉等、本当にた

くさんの物質が含まれているのよ。それに太陽の光が反射するじゃない。空気中の粒子に太陽の光がぶつかって、波長の短い青い光が拡散しているので、空は青く見えるらしいのよ」

と受け答えた。そしてさらに次のように加えた。

「朝焼けや夕焼けで、東の空や西の空が真っ赤に見える時があるじゃない。昼間の太陽の位置は少し南の上の方だけど、朝や夕方の太陽の位置は昼間より低い場所にあるので、光が大気の層を通る距離が昼よりも長いらしいの。昼は波長の短い青い光が届き、朝焼けや夕焼けの時は、波長の長い赤い光が届いて私たちの目に見えるらしいの」

その愛美の説明に、真理は一応納得はしているのだが、自分の考え方でもいいのではないかと思っていた。大気に塵や水滴や花粉等の様々な物質が含まれることは理解できる。それでも空気中の多くの分子の一つは窒素である。そして数種類の酸素や炭素等の分子が混ざりあって大気を成し、それらの分子の集合体がほんの僅《わず》かに水色がかっていて、地球の大気圏の約一〇〇キロメートルまで重なっていくと、青く見えるのではないかというのである。一般的に科学では、愛美の言った波長の短い青い光と波長の長い赤い光で説明されている。しかし、宇宙空間から撮影されている地球は碧《あお》い。真理は、愛美のいう説は正しいと思うのだが、自分の説でもいいのではないかという気になっていた。もう一つ気になっていたのは、妖精と話したことによって、目に見えなくても、磁気や体内時計のように実在する物があることを実感したことだった。前回高台に登った時、真理は愛美に言った。

「あみちゃん、方位磁石って常に北を指すじゃない。どうしてだろう。磁気も不思議だと思わない。私たちには何も感じないじゃない」

と言って、真理は北の方向へ手の平を向けてみた。愛美も同じように、北に向かって手の平をかざしてみた。

「当然だけど、何も感じないね。人間には磁気を感じ取る力がないのよ」

と二人が話したように、地球の北極から南極へ向かって、大気中を磁気が流れ、地球の内部でも南極から北極へ向かって磁気が流れている。地球の南極から地中を通って北極に、磁石軸が存在しているわけではないが、実際に磁気が流れ続けている。

また最近の医学では、人間の体内には体内時計があるといわれている。しかし、体内の臓器のどこを調査してみても、一般的な時計があるのではない。それでも現代医学では、各個人の体内時計が正確に進んでいくことの大切さを訴えている。そして体全体に体内時計があり、脳内に親時計があり、体の各臓器に子時計があるのことだそうである。体内時計は一日が二四時間ではないので、朝の太陽光を浴びることで、時間調節をして、地球の自転時間と合わせているといわれている。曇っていても、雨が降っていても、朝の太陽から調節できる光線は受けられることから、体内時計も一日が二四時間となっていけるといわれている。さらにもう一つ大切なのは、しっかりとした朝食を摂ることである。国内の各小学校で児童たちに『早寝、早起き、朝ご飯』の大切さが教え諭されているが、このことは年齢に限らず、子どもから大人まですべての人に共通して大切なものだと考えられる。体内時計を整えたり、朝食をしっかり摂ることによって、自律神経が健康的に保たれるのだそうだ。自律神経とは胃や腸などの内臓や血管等を支配している神経で、人体の健康面でとても大切である。

前回、真理と愛美が妖精と話した際、妖精が言った。

「植物は、太陽の光の長さや気温によって、季節を感じ取って花を咲かせたりするじゃない。そして動物には体内時計が備わっているのよ。それぞれの動物が生活している地域によって、そこで生きている動物には、その場所に適した体内時計を備えているのよ。人間だって、体内時計はあるのよ。体全体で、一日の時間を計算しているの。でもね、人間は夜にも電気を使って、明るい中で生活しているじゃない。夜にテレビを観る人もいるじゃない。夜、目に明るい光を浴び過ぎると、体内時計が狂ってしまうのよ。ましてスマートフォンの夜の使用は絶対に駄目よ。人間にとって一番大切な光は、実は太陽の光なのよ」

妖精の話を聞いて愛美が言った。

「妖精ちゃん、まりちゃんも私もみんな体内時計を持っているのね。小学生の頃から言われていた『早寝、早起き、朝ご飯』が大切で、昼は太陽の光を浴びることが大切だということなのね。まりちゃん、私たちの体内時計も正確に働くといいよね」

そのように、妖精と話をして、真理も愛美も人間が感じないことや目に見えないことであっても、自然界には大きな力が働き、それが人間にとっても非常に重要なのだと強く感じさせられた。

そして、二人は妖精との再会を心待ちするようになっていた。

二

真理と愛美は、前回、緑の大地で妖精と出会った時のように、心地良いそよ風の吹く天気の良い日に、二回目の妖精との再会を熱望していた。

そして、そのようなそよ風の吹く天気の良い休日がやってきた。

二人は持参する弁当の打ち合わせもした。前回の二人の弁当は、真理がサンドウィッチで、愛美がお握りとおかずだったので、今回は逆にして、真理がお握りとおかず、愛美がサンドウィッチを持参することにした。二人の気持ちは、当然弁当の半分ずつを分けあって食べるというものだった。

二人は約束をして、やはり前回と同じ時間帯に、裏山と呼ばれる高台へ登った。空には青空が広がり、遠くへ目をやると、青い海が水平線まで続いていた。背後には雑木林が広がっている。その雑木林に妖精はいると言っていたので、二人の胸が高鳴った。

二人が雑木林に足を踏み入れると、やはりひんやりとした冷気が感じられた。森林浴で空気も美味しく感じられた。木々の枝がガサガサとぶつかってくる。木の高さもまちまちなので、垂れ下がった枝の下を屈《かが》んで通り抜けたりもした。愛美が「キャーッ」と叫んだ。目前に、糸を滑り下りる蜘蛛《くも》がいた。愛美は少し虫が苦手だ。真理は蜘蛛の少し上の糸を握り、蜘蛛を左右に揺らしながら、思い切って横に放り投げた。そして言った。

「手袋を持ってくれば良かったね」

驚いて愛美が言った。

「手袋もそうだけど、それよりも、まりちゃん、蜘蛛が怖くないの」

それを受けて、真理が言った。

「蜘蛛っていろんな虫を食べてくれるじゃない。だから人間にとっては益虫なのよ」

真理は少し考え直して言った。

「蜘蛛は足が八本だから節足動物よね。バッタやトンボやチョウは足が六本だから昆虫でいいんだと思うの。蜘蛛って虫なのかなあ」

愛美も少し考えて言った。

「昆虫は英語でインセクトで、虫はバッグなんだから蜘蛛も虫でいいんじゃないの。でもね、毒蜘蛛だっているんじゃない」

それを受けて、真理が反論した。

「確か毒を持っている蜘蛛は外国にいるんだと思うよ。日本の蜘蛛は安全よ。だから日本の蜘蛛は殺さない方がいいんだよ」

そのような対話をしながら、前回と同じように雑木林を進んでいった。今度は草むらの中をゴソゴソと動くものがいた。真理はそれに気を配りながら、草むらの中を恐る恐る覗《のぞ》き込んだ。その時、愛美が「ギャーッ」と先ほどより大声をあげ、両手で真理の左手にしがみついた。真理が驚いたのは当然だったが、それよりももっとビックリしたのは、草むらの中にいた爬虫類そのものだった。体を数個のS字にくねらせながらスルスルスルッと逃げていった。真理が言った。

「あれは確か青大将よ。青大将は毒は持っていないし、人間には噛《か》みつかないから大丈夫よ」

「でも日本にはマムシもいるし、沖縄にはハブだっているじゃない」

と言う愛美に、真理もそうだなと納得した。

植物や動物がいるから、人間は生きていける。人間は自然の中で生きている。自然は大切に守っていかなくてはいけない。自然は人間に恩恵を与えてくれるが、反対に大災害ももたらす。自然の厳しさも感じながら、真理が言った。

「あみちゃんは虫が苦手だけれども、チョウやトンボは大丈夫なんでしょう」

愛美は抵抗なく答えた。

「そうね、チョウやトンボは好きね」

そうでしょうと言いたそうに真理が言った。

「トンボは蚊などの小さな虫を食べるから益虫よ。燕《つばめ》も飛びながら、小さな虫を飲み込んでいるから益鳥なのよ」

愛美は虫が苦手だが、好きな昆虫もいる。真理は昆虫だけでなく、哺《ほ》乳動物も好きだ。二人は類似点が多いが、このように相違点もある。お互いに、両者の違いはあっても、相手の気持ちや考え方を大切にすることの大切さは十分に理解している。

愛美は苦手な蜘蛛や蛇を目前にして、少し気が動転したのか、思い余って、

「妖精ちゃーん」

と叫んでしまった。

すると、雑木林の上空から、妖精の声が聞こえた。

「まりちゃん、あみちゃん、会いに来てくれたんだ。嬉しい」

真理と愛美は上空を見上げた。しかし、二人には不思議だった。妖精の姿が見えなかったからだ。上空には木々の緑の葉がキラキラと輝いていた。淡い緑から濃い緑まで木の葉にもいろんな緑がある。木漏れ日には優しい輝きがあると二人は感じた。

木漏れ日の輝きの間から妖精の声が響いた。「雑木林の向こうの緑の大地に出たら、私も姿を現すから心配しないで」

「まりちゃん、早く行こう」

と言って、愛美は右手で真理の左手を握って少し早足となった。それでも、雑木林の中なので、一歩一歩踏み締めて歩かないと危険だった。真理は手を握られたことで、子どもの頃を思い出した。子どもの頃は父や母やいろんな人とよく手をつないでいたと思った。二人が雑木林を通過するには、結局前回と同じくらい大変だった。そしてなんとかして、二人は雑木林を潜《くぐ》り抜けた。二人の前方には緑の大地が広がっていた。

三

広大な緑の大地を目の前にして、愛美は、自分を背にして大地を走っていった真理が消えたことを思い出した。一方真理も、自分に向かって走ってくる愛美が、同じように消えたことを思い出した。二人は、それぞれが消えた場所の見当をつけた。

「一緒に走ろう」と二人同時に走ろうと決心した。

「じゃ、あそこに向かって競争よ」

とスタート体勢をとった愛美に向かって、真理が「どん」と言って二人揃って駆けだした。二人は並走して走った。二人は一緒に目的地へ到着した。二人の姿は消えた。しかし、真理も愛美もお互いの姿は、ちゃんと見えていた。そして二人は上空を見上げた。そこには予想どおり、妖精が背中の翼を羽ばたかせながら空に浮いていて、二人に言った。

「ようこそ緑の大地へ」

そして加えて言った。

「青い空は空気よ。白い雲は水よ。そして緑の葉は酸素よ。青い空、青い海、緑の大地があるから、生物は生きていけるのよ。そこは私たちが生きているこの碧《あお》い地球よ」

真理と愛美は、妖精の姿を見、声を聞いて言った。

「妖精ちゃん！　また会えて良かった」

妖精は真理と愛美が、太陽光は透明だがすべての色が含まれていて、距離が短い場合には波長の短い青い光が拡散し私たちの目に届き、距離が長い場合には波長の長い赤い光が拡散し私たちの目に届くことを話していたのを聞いていた。他にも、地球内でも大気中でも、常に磁気が流れていること。その他でも、人間には体内時計が備わっていて、朝日を受けて調節したり、朝食を摂って、自律神経を健康的に保つことの大切さを話していたのを聞いていた。妖精が言った。

「まりちゃんもあみちゃんも、先日一緒に話したことをよく考えていてくれたのね」

真理が答えた。

「そうよ。あみちゃんと一緒に、自然の大切さについて妖精ちゃんと話し合ったことが、とっても嬉しかったの。ね、あみちゃん」

と真理が愛美に同意を求めた。

「本当に嬉しかったわ。まりちゃんとは長い間仲が良かったんだけど、妖精ちゃんという強力な友達ができたんだもの」

と真理の言葉を受けて、愛美も答えた。そして、次のように言った。

「仲良しになっただけでなく、地球や宇宙がどうなっているのかとか、どのような生活をしていくのがいいのかについて、よく考えるようになったもの。ここで妖精ちゃんから質問された地球の自転の速さや、一年かかって太陽を公転する速さについても、もう一度家に帰って考えてみたのよ」

地球の自転の速度や公転の速度に、愛美は改めて考えてみて驚いた。地球赤道一周の距離は約四万キロメートルだといわれている。気温一五度Cの時、音は一秒で約三四〇メートル進む。二四時間で音が何メートル進むかを計算すると、二九三七六キロメートルとなる。音は約三万キロメートルを一日で進む。ということは地球は音よりも早い速度で自転していることになる。しかし、地上で生活している人間の感覚は、地球は動いていないと感じている。科学の進んだ現代人は、頭では地球が自転していることを知っている。しかし、昔の人は、陸地は動いていないと考えただろうということは想像できる。

次に地球の公転の速度だが、地球は約一年かかって太陽を一周している。地球から太陽までの距離が約一億五〇〇〇万キロメートル。円周を2πrと考えると、三億π、πを三・一四とすると九億四二〇〇万キロメートルとなる。三六五日で割ると、一日で約二五八万キロメートルの距離を公転していることになる。鉄道新幹線が時速三〇〇キロメートルの速度で走り続けると、一日で七二〇〇キロメートルを走行する。二五八万キロメートル走るには約三五八日と少し走り続けなければならない。

時速三〇〇キロメートルで走る新幹線は約三五八日と少しで地球を一周するが、太陽を公転する地球は、新幹線が約三五八日と少し走り続ける距離を一日で移動していることになる。地球は宇宙空間を、地上の人間からは想像もできない速度で規則正しく公転し続けているのである。しかし、地上の人間は、朝太陽が昇り、夕方太陽が沈んで一日が経過していき、正月から春夏秋冬を経過して一年が経つと感じている。この感じ方は、天動説の世界観をとっていた時代の人々と同じ感じ方である。この生き方や生活の仕方は、一〇〇〇年前や二〇〇〇年前に生きていた人々と同じなのではないだろうか。しかし、一六世紀前半、コペルニクスが地動説を唱えた。そして科学者ガリレオ・ガリレイは地動説が正しいと主張した。さらに宇宙科学の発展した二一世紀では、地球は自転しながら、一年で太陽を公転していることを、多くの現代人は知識として知っている。

愛美は地球の自転と公転を考えながら言った。

「妖精ちゃんからの提案をよく考えてみると、私たち人間は、自分だけの考えに因われたり、自分中心の生活ばかりしていてはいけないと思うようになったの」

としみじみと言う愛美の言葉を受けて、真理も付け加えた。

「そうよね、私もあみちゃんと同感よ。昔から日本だけでなく、世界各地で争いは続いているのよね。どの国でも争いに勝った人は英雄として讃《たた》えられているじゃない。特にヨーロッパではナポレオンが英雄として有名なのだと思うけど、見方を変えてみると、本当に立派な人だったのかは疑問よね。人類が誕生して、人間は長い間、天が動いていると思っていたんでしょう。でも、コペルニクスやガリレオ・ガリレイが地動説を唱えてからは、地球が動いているって分かったのよね。人の物の見方や考え方は変えられるので、戦争で勝つ人が英雄ではなく、平和を求めて活動していっている人こそ英雄だと思うのよね。妖精ちゃんと会う前は、朝太陽が昇り、少しずつ上空へ向かうと感じていたけど、妖精ちゃんと会ってからは、朝日の見方が変わったの。朝日が出た後、数分後太陽を見ると、かなり上に昇っているんだけど、私は『数分間で、地球が東に向かってこんなにも動いているんだ』って思うようになったの」

愛美も相槌《づち》を打った。

「私も同じよ。この地球が音よりも速く、東の方向へ自転しているんだと考えるようになったのよ」

真理と愛美は、地上から朝日を浴びている。これは現代人も古代人も、すべての人々が同じである。コペルニクスやガリレオ・ガリレイ以前の人類はすべて、地球を中心に天体が動いているのだと疑問は持っていなかった。現代では、理屈的に考えると、宇宙空間から地球の動きを考えることができるようになっている。人類はどの国でも、人間同士で戦い続けてきた。そして戦争に勝った大将が英雄だった。でも、考え方を変えてみると、平和を求める人々こそ英雄だと言える。このように考え方をより良い方向に持っていくことを、地球の自転や公転の速度を考えてみることで、妖精が真理と愛美に質問したのではないかと二人は考えるようになっていた。

この日も、二人は上を向いて妖精と話しているので、首が疲れてきたので真理が言った。

「妖精ちゃん、今日も寝転ぶね」

愛美も同じように、首が疲れてきた。

「私も同じ。寝転ぼうっと」

二人は横に並んで寝転んだ。妖精は少し下へ位置を変え、二人に近づいた。この時も二人は、妖精を見て幸せを感じた。二人は、前回妖精と話した内容が、それぞれに思い出されてきた。

人間には磁気の流れは感じられないが、方位磁石を見て、磁気を知ることができる。しかし、動物によっては、本能によって磁気を感じ取っている動物もいる。電磁波が宇宙空間を流れていることなど、昔の人は何も知らなかった。宇宙科学が進むことによって、電磁波等の研究も進展している。音や光についても話し合った。音は空気中だけでなく、液体や固体の中でも振動して伝わっていく。しかし、地球の大気圏を出て宇宙空間にいくと、空気がないので音は伝わらない。音や光は振動によって伝わっていく。音は振幅が大きいと大きい音となり、振幅が小さいと小さい音となる。振動する回数が多いと高い音となり、回数が少ないと低い音となる。振動数をヘルツで表し、人間には約二〇ヘルツから二〇キロヘルツまでが聞こえるといわれている。二〇キロヘルツ以上の超音波を利用している哺乳類に蝙蝠《こうもり》がいる。人間の耳には聞こえないが、蝙蝠は超音波を発し、洞窟の壁等に反射する超音波を聞き取り、暗い中でも飛ぶことができる。逆にヘルツ数が少ない低周波も人間には聞こえないが、海の中の鯨やイルカには低周波を発したり、聞き取ったりして、遠くの仲間同士で連絡をしているといわれている。犬は人間には聞こえない二〇キロヘルツから五〇キロヘルツまでも聞こえるといわれている。犬は嗅覚《きゅうかく》にも優れていて、麻薬の探索でも活躍している。勿論《もちろん》、数多《あまた》の動物たちの能力は本能だと言って解決されるかもしれないが、その能力は遥《はる》かに優れていて、多くの動物たちの進化があったからこそ、人間も地球上で生活していけるようになったのではないだろうか。

光は、空気のある地球だけでなく、空気のない宇宙空間だって進んでいける。光は真空中を一秒間に約三〇万キロメートル進む。人間に見える可視光線は一部であって、研究によって人間には見えない赤外線や紫外線もある。それらの赤外線や紫外線によって行動する動物もいるし、生長していく植物だっている。可視光線には、赤、黄、緑、青、紫等の様々な色があるが、すべての色を合わせると透明となる。朝、草に水滴がおりている時に水滴に朝日が輝いている場合があるが、見る方向を変えてみると、いろんな光に変化する。光の反射角度によっても、いろいろと異なった色の光が私たちの目に届く。そのことが、私たちにはっきりと分かるのは、太陽と反対側の水滴の多い空に浮かぶ虹の姿である。プリズムや分光器によって、光が分散されて赤から紫まで分かれていくが、虹は、光が分散されて、私たちの目に届く、美しい自然現象である。

可視光線より波長の短い光線に紫外線、X線があり、X線はレントゲン写真等で使用される。波長の長い光線では、赤外線、マイクロ波等がある。人間が感じ取れる音や光は、ほんの一部に限られている。

そのような科学的なことを考えていたが、今回も妖精と話していた真理と愛美はお腹《なか》が空《す》いてきた。

前回は、真理がサンドウィッチ、愛美がお握りとおかずを持参していたが、今回は逆にして、真理がお握りとおかず、愛美がサンドウィッチを作ってくると約束していた。二人は、家で朝早く弁当を作ったのだが、二人とも前回以上の弁当を作ろうと、無意識のうちに腕によりをかけて調理していた。今回も半分ずつ分け合うことにしていた。

横になっていた二人は腰を起こし、弁当を開いた。ともに相手の弁当を見て、

「美味しそう」と思い、ライバルに負けまいと思いつつも、お互いに両方の弁当を美味しく頬《ほお》張った。そして二人同時に「美味しい」と言って笑い合った。少し小さめに握った海苔巻きの中には鮭や梅干しや鰹節等いろいろと工夫されていた。おかずはブロッコリーやミニトマトや卵焼きやサラダ等、二人分がパックに分けられていた。サンドウィッチも卵やサラダやハム以外にジャムやクリーム等も二人が食べやすい大きさに綺麗に切り分けられていた。飲み物は各自が好きな飲み物を用意していた。妖精は自然のエネルギーで生活するので、人間の食料は取らないことは分かっていたが、少し羨《うらや》ましがらせたいと思って、苺《いちご》ジャム入りのサンドウィッチを妖精に見せながら、真理が言った。

「妖精ちゃん、美味しそうでしょう」

と見せびらかすと、妖精は

「本当だ。美味しそう。いいなあ」

と、真理に合わせた。すると、愛美が、

「いやだ、まりちゃん。妖精ちゃんはまりちゃんの気持ちを汲《く》み取って、『いいなあ』って言ってくれたんだよ」

と言って、真理を見て笑った。真理は、

「私より、あみちゃんの方が大人だ」と思った。そのように楽しく、昼食を取りながら、食べ物で人間の体が成長していくこと等を話し合った。

食べ物は体に良い物がいい。『まごたちにはやさしい』食べ物が良いといわれる。『ま』は豆類、『ご』は胡麻《ごま》、『た』は卵、『ち』はチーズのような乳製品、『に』は肉類、『わ』は若布《わかめ》のような海藻類、『や』は野菜類、『さ』は魚類、『し』は椎茸《しいたけ》のような茸《きのこ》類、『い』は芋類といわれている。いろいろな食材を使った料理が良く、野菜から食べ始め、蛋白質《たんぱくしつ》をしっかり取り、炭水化物は食事の後半が良いようだといわれている。

「ああ、美味しかった。ごちそうさまでした」

と言って、二人は手を合わせ、弁当の入れ物をナップザックに片付け、それぞれの横に置き、また頭を同じ方向に向けて横になった。それで妖精は、また二人の顔の少し上の所でホバリングをする体形となった。そして言った。

「だいたい前回と同じ行動だね。休日の天気の良い日に、まりちゃんとあみちゃんが海の見える高台に登り、雑木林を時間を掛けて通過し、大草原を走り、私と会って少しおしゃべりをして、その後《あと》にお腹を空かして昼食を食べたんだもの」

「ああ、本当だ」

と、真理と愛美が声を合わせた。それを受けて、妖精が言った。

「きっと、小学生の頃から、『早寝、早起き、朝ご飯』と言われてきたことが生かされているんだと思うよ。学校に行く日も休みの日も、早起きをして、朝ご飯を食べて、行動をして、昼ご飯もだいたい同じ時間に食べているんだと思うよ。健康的な生活パターンね」

そう言って、妖精はさらに加えた。

「太陽系の中心は太陽じゃない。地球等の八つの惑星は太陽を公転しているよね。その一つの地球は約一年、太陽を一周するよね。その地球から植物や動物、人間も誕生しているんだから、太陽や地球の動きに合わせて生活していくのが、人間の健康に良いんだと思うよ」

その妖精の言葉に、愛美は『人間の誕生』、真理は『太陽系と惑星』という部分に興味を持った。愛美が言った。

「進化論では、一説では約七〇〇万年前にアフリカで猿人が誕生したんでしょう。その頃の陸地は現在の陸地とは違っていた。猿人は世界中に移住していったのよね。人類は原人へと、そして旧人へと進化していった。新人、ホモサピエンスといわれる現生人類へと進化していったのが二〇万年前だったと思うの。石器時代を経過して、五〇〇〇年前に四大文明等の人類が集団で文明社会を構成するようになったんだったよね」

それを受けて真理が言った。

「文明社会より前から、部族間の争いはあったんだと思うけど、各地の歴史が残されるようになっても、人類は常に戦いの連続よね。二〇世紀には世界大戦まで勃発したのよ。二一世紀こそ平和になってほしかったのに、ロシアがウクライナへ軍事侵攻をしてしまったことを考えると、やっぱり人間は戦争をする動物から脱却できないのではないかと思うと、本当に悲しいよね」

そしてさらに、真理は自分が興味を持った宇宙について話を移した。

「前回、日本の小惑星探査機『はやぶさ2』が、小惑星リュウグウから採取した試料を地球に持ち帰った様子を見たじゃない。世界の研究者がその試料を分析してみると、その中に有機物が含まれていることが分かったらしいの。そのことによって、地球上の生命は小惑星等の衝突によって、宇宙からもたらされたのではないかという説が、有力な説として浮上しているらしいの。妖精ちゃんは、どう思う」

と言う真理の質問に、妖精は答えた。

「約四六億年前に原始地球が誕生したっていわれているじゃない。その原始地球には、地球誕生以前から、そして誕生してからも、無数の宇宙からの物資が衝突を繰り返しているのよ。ということは、原始地球が誕生した時に既に生命の源が含まれていたと考えてもいいし、誕生後に宇宙から運ばれてきたと考えてもいいし、大切なのは、この碧《あお》く美しい私たちの地球に、微生物や植物や動物が生きていることだと思うよ」

真理の小惑星リュウグウの話題から、愛美は近年発表された「ブラックホール」の内容を知りたいと思った。

「妖精ちゃん、二〇二二年五月一二日のニュースだったんだけど、約二万七〇〇〇光年先のいて座Aスターの方向で巨大ブラックホールを確認できたっていうんだけど、どう思う」

と愛美が妖精に聞いた。

「現在の私たちからは考えられないほどの巨大さだし、宇宙科学の研究でも、まだまだブラックホールがどのようなものかは分かっていないらしいのよ」

と妖精は答えた。

四

ブラックホールは銀河の中心部にあるだろうといわれていて、銀河の形成と進化に関係があると思われている。ブラックホールの質量は太陽の数百万倍から数十億倍だろうといわれている。二〇一九年の報道では、五五〇〇万光年先のM八七で太陽の六五億倍の巨大ブラックホールが観測されたという報道があった。

二〇二二年五月一二日の報道では、約二万七〇〇〇光年先のいて座Aスターの方向で天の川銀河のブラックホールが撮影されたということだった。銀河系の中心は、太陽から二万八〇〇〇光年先らしいので、約一〇〇〇光年もの差は大天の川銀河なので、宇宙科学者に解説してもらわないと何とも言えない。

天の川銀河以外の銀河の中心にもブラックホールはあるらしいので、今後の研究が期待されている。まだまだ不思議で、解明していない事項がたくさんある。

真理と愛美は、もう一度、地球と宇宙のことを妖精と話し合いたいと思った。

真理が愛美に言った。

「あみちゃん、もっと地球や宇宙について知りたいよね」

愛美も真理に同意して言った。

「妖精ちゃん、前にも宇宙について話したけど、もう一度、宇宙の話をしましょうよ」

妖精も二人に同意した。


約四六億年前に原始地球が誕生している。燃えたぎる巨大な火の塊《かたまり》に、小惑星や微惑星が次々と衝突していった。原始地球は火の塊だった。微惑星が次々と衝突する度に、原始地球は大きくなり、エネルギーが熱となり、原始地球はドロドロのマグマの海に覆われていた。鉄やニッケル等の重い金属は地球の中心へと沈んでいって核となり、中心部が内核、その周りが外核となった。内核の温度は約六〇〇〇度C。これは太陽の表面の温度と略《ほぼ》同じである。太陽は水素の大きな塊で、水素がヘリウムに変わる時エネルギーが光や熱として放出され、中心部は約一六〇〇万度Cにもなる。太陽は恒星であって地球は惑星なので、両者はまったく違うが、太陽から約一億五〇〇〇万キロメートル離れた距離が、ちょうど地球上に生物が発生し成育していくために最適の距離だった。地球の内核の周りの外核は約三〇〇〇度Cから約五〇〇〇度Cで、圧力が約一四〇万気圧以上となり、内核では約四〇〇万気圧にもなるので、地上の人間からは考えられないほどの高温と高気圧になっているということになる。外核の周りが下部マントルで、その周りが上部マントルとなっている。下部マントルの深さが二九〇〇キロメートル、上部マントルが深さ六七〇キロメートルくらいまでとなっている。そのマントルはゆっくりと対流運動を行っていると考えられている。地球の地殻より下のマントル部分が動いているなんて、地上の人間の大多数には思いも及ばない。そのマントルの周りにモホロビチッチの不連続面といわれる密度が急に変わる面があり、その周りが下部地殻、その上が上部地殻といわれ、地殻は大陸地殻と海洋地殻とに分かれている。多くの人にとっては、地表の陸地と海洋、海洋の下には地殻があるというところまでは想像できる。上空では、約一〇〇キロメートルまでが大気で、その大気を含んで地球となっている。

この現在の地球になるまでに、ドロドロのマグマ状態だった原始地球に数億年もの間、次々とたくさんの微惑星が衝突していった。そのような微惑星や小惑星が水や生命の源を運んできたという説もある。原始地球誕生から六億年もかかってマグマオーシャンだった原始地球も少しずつ冷え始め、原始大気中の水蒸気が雲となり、雨を降らし続け、段々と水で地表の岩石も冷やされ、水が窪地《くぼち》に溜《た》まり、遂に原始の海ができていった。そして、その原始の海の中に、蛋白質の元になる物質が溶け込んでいて、化学変化をして、遺伝子を持つ細胞ができて生物が誕生した。そのようにして、微生物のような生命が約四〇億年前、海の中で誕生した。

古い型のバクテリアが下等藻類の藍《らん》藻類へと進化し、地球上に酸素を放出していった。海の中では原始的な植物が進化していき、次に原始的な動物が誕生し進化を続けていった。そして植物も動物も陸上へとあがり、さらに進化を続けていった。

先カンブリア時代が約五億四二〇〇万年前までらしい。古代バクテリアのようなものから進化した藍藻類が光合成でもって、地球に酸素を放出し続けていった。原始地球に雨が降り、酸素が満ちていき、段々と生物が生きていける地球となった。カンブリア紀、オルドビス紀、シルル紀、デボン紀、石炭紀、ペルム紀と続く古生代が約二億九一〇〇万年続き、その間に水中の生物から陸上の生物まで進化を続けていった。トリアス紀、ジュラ紀、白亜紀と続く中生代が約一億八五〇〇万年続き、恐竜が繁栄していた。しかし、六五〇〇万年前、恐竜等大量の生物が絶滅した。隕石衝突による恐竜絶滅説がある。メキシコのユカタン半島のチュクシュルーブに直径二〇〇キロメートルの範囲で巨大隕石が衝突した痕《あと》がみつかっている。それが原因かどうかは分からないが、一般的に巨大な隕石が衝突して大爆発を起こし、粉塵《ふんじん》が空を覆い、太陽の日射が遮られたと考えられる。

その後、約六六〇〇万年前に第三紀といわれる新生代となり、約二六〇〇万年から第四紀といわれ、人類の祖先がいただろうといわれている。人類は猿人、原人、旧人と進化し、二〇万年前頃には火を使用していたのではないだろうかといわれている。ホモサピエンスといわれる現生人類が約四万年前だろうといわれている説もあるが、二〇万年前だろうという説もあり、我々人類を約四万年前と考えるか、それとも約二〇万年前と考えるかは科学者によっても違うようである。ところが一説によっては、人類の起こりが七〇〇万年前だといわれたりするので、猿人時代、原人時代、旧人時代、新人時代をどのように考えるかによっても違うようである。また、別の説によると、七〇〇万年前、アフリカで二本足で歩き始めた猿人が中東へ進み、ヨーロッパやアジアへと広がっていったといわれている。地球の陸地も絶えず変化を続けているので、現在は島となっている陸地も、昔は大陸と陸続きだったともいわれている。脳の容量も猿人、原人、旧人、新人とでは、かなり違ったようである。火を熾《おこ》し、道具を使い、狩りの技術を発展させ、毛皮で体をまとうようになり、寒い地方へも人類は広がっていったといわれている。

生物環境にとって厳しかった出来事の一つに氷河時代がある。先カンブリア時代やデボン紀や古生代の二畳紀にも氷河時代があったといわれているが、それらの時代は、まだ人類誕生以前だったようである。しかし、氷期と間氷期が繰り返された第四紀洪積世には、きっと人類の祖先が生存していただろうと思われ、厳しい環境だったようである。

現在の地球上でも自然災害は続いている。火山の噴火、地震、津波、台風、洪水、雷雨等災害の脅威は続いている。しかし地球は、原始地球の時代はマグマオーシャンの火の惑星であったし、大陸が出現した後でもマントル内にスーパーホットブルームといわれる熱の上昇があったり、大陸内部の大爆発や噴火があったりして、今の比ではなかったようである。古生代から中生代へ向かう約二億五〇〇〇万年前や中生代から新生代へ向かう約六五〇〇万年前には、天変地異が起こり生物の大量絶滅が発生したといわれている。その頃はまだ人類は誕生していなかった。

人類の祖先が地上に現れ、進化を続け、今の新人類が文化や科学を発展させてきたが、なんと昔より安定してきている地球上で、今度は人類が大気汚染や酸性雨やオゾンホールの破壊や有害な化学物質の使用をしたりして、地球の環境を壊している。プラスチックやアスベストの使用、塵《ごみ》の出し過ぎで川や海は汚染され続けている。絶滅が危惧《きぐ》される動植物も多く、既に絶滅してしまった生物も多い。フロンガス等の使用でオゾン層が壊される。化学肥料を使うことで酸化窒素が増える。ガス田開発でメタンガスが発生する。工場の排煙や自動車の排気ガスで二酸化炭素が増える。森林を開拓し農地へと開墾していくと砂漠化していくこともある。地球の温暖化は、人間が自分たちの便利さを求めているからではないだろうか。しかし、自然の災害は大変であることは確かだが、太陽の光、空が曇って降る雨、植物が二酸化炭素を吸収し酸素を送り出していること等、自然から与えられている恵みは、人類にとって本当に有り難いものである。まだ美しい空、美しい海、緑の大地、北極や南極や高山の氷河も残っている。

地球は太陽系の中で、動植物が呼吸できる大気が存在し、生命の源となる水も存在し、何不自由なく生命が暮らしていける唯一の惑星である。太陽系の他の七つの惑星と比べると、密度が一番高い。内部物質が圧縮されて密度が高く、重力も大きい。太陽系の中心にある母なる太陽から一億五〇〇〇万キロメートルという距離が、地球に生命が存在できる、最も適した距離となっている。

太陽系の中心が太陽で、地球を含んだ八つの惑星、惑星を回る衛星、五つの準惑星、その他たくさんの小天体等で構成されている。太陽の直径は、地球の約一〇九倍もある。太陽の巨大な質量から発生する重力が、太陽系のすべての惑星や天体を引きつけている。成分はほとんどが水素とヘリウムのガスで、中心では水素の原子核が融合する「核融合反応」が起きている。それによって発生する巨大なエネルギーが光や熱となって、太陽系の空間へと広がっている。

愛美が妖精と真理に言った。

「太陽系の中心が太陽なんでしょう。地球の表面は海と陸地なんだけど、太陽は水素とヘリウムのガスなのね。しかも「核融合反応」で光と熱を太陽系に発しているのよね。太陽と地球の距離が一億五〇〇〇キロメートルで、光でも八分二〇秒かかる距離なんでしょう。太陽の直径が地球の直径の一〇九倍もあるなんて、本当に大きいのね。太陽の重力が、地球だけでなく、他のすべての惑星や衛星や彗《すい》星等を引きつけているのね。太陽の表面温度が六〇〇〇度Cで、なんと地球の中心の内核も六〇〇〇度Cなんて、なにか不思議。しかも太陽の中心が、一六〇〇万度Cなんて、信じられない高温なのね。その太陽を一年かけて地球が公転している。四六億年前の原始地球は燃えたぎるマグマの火の塊だったんでしょう。その地球に海ができたりして冷えていき、七〇〇万年前に猿人が出現し、いろんな説があるけど、二〇万年前に新人へと進化していったのよね」

そう言う愛美の発言を聞いて、真理が言った。

「四六億年の歴史のある地球が、六億年もかかって冷えていき、海が出現し、海の中に微生物や原子植物や原子動物が誕生したんでしょう。ということは、この地球上に四〇億年もの間、生物が存在し続けているのよね。ホモサピエンスといわれる人間の歴史が、もし二〇万年だとしたら、いったい人間は全生命の何分の一生きているの、あみちゃん」

愛美も困って、

「四〇億分の二〇万ってことよね」

と言って、

「正確かどうか自信がないけど、二万分の一じゃない」

と答えた。それを受けて真理が言った。

「太陽系の中で、地球だけに水や空気があって、生命が誕生して生活している。他の多種の生物たちの二万分の一しか生きていない人間が、まるで地球は人間のものだというような顔をして、地球を操作しているんじゃない」

愛美が少し考えて言った。

「初期の人間は、自然の中で、他の動物たちに交じって生活していたと思うの。

エジプト文明やメソポタミア文明やインダス文明や中国文明のような四大文明が始まったのが、今から五〇〇〇年前くらいじゃないかと思うので、四〇億分の五〇〇〇と考えていいんじゃないの。となると、八〇万分の一じゃないのかな」

それを聞いて、真理が言った。

「人間より他の動植物がずっと長く地球上で生活しているってことよね。そして、一九世紀、二〇世紀、二一世紀の人間が、自分たちの便利さを求めて、地球の自然を変えてきていると思うの。しかも、二一世紀になっても戦争をやっているなんて、本当に人間は、地球にとって困った存在だと思うよ」

真理も同意して、妖精に言った。

「地球にとって、太陽以外に月も満潮、干潮と関係しているのよね」

地球の海洋の潮の満ち干は、太陽と月の引力と関係している。地球の衛星である月は、地球を公転する周期が、二七日少しで、地球からは月の表面しか見えない。月の裏は地球からは見えない。地球から月を見ていると、新月、上弦、満月、下弦と月の満ち欠けという月の姿を見ることができるが、周期は二九日半となる。月の公転周期と地球から見える月の周期のずれは、なんと月は地球と一緒に、母なる太陽を回っているからである。太陽が地球の母だとしたら、月は地球の子どもなのかもしれない。人間は、人間が発展させてきている科学技術社会の中だけで生きているのではなく、宇宙や自然のエネルギーの力で生きていけるのではないだろうか。真理も愛美も、地球以外の惑星についても知りたいと思った。

五

太陽系の八つの惑星の中で、太陽に一番近いのは水星である。大きさは最小で、直径は四八七九キロメートルで、地球の直径が一万二七五六キロメートルなので、三分の一強くらいの大きさである。大気はほとんどなく、太陽に近いので、太陽の光が直接に当たると気温が四三〇度Cまで上がるといわれている。

次に太陽に近い惑星は、金星である。大きさは地球より少し小さい。大気の九六パーセントが二酸化炭素なので、温室効果が発生してしまい、気温は水星より高く、表面温度が四六〇度Cから五〇〇度Cまで上がるのだそうだ。

地球の外側を回る四番目の惑星は、火星で直径が六七七九キロメートルで、地球の約半分の大きさである。火星の冬の夜はマイナス一四〇度Cまで下がる。夏には、星全体に大規模な砂嵐が発生している。火星が赤く見えるのは、表面が酸化鉄を含む岩石に覆われているためである。地球を含めて、水星から火星までが地球型惑星といわれ、岩石等の固体でできている。木星から海王星までの四つの惑星は、密度が低く、気体でできていて、木星型惑星といわれている。

木星は第五惑星で、直径が一三万九八二二キロメートルもあり、太陽系最大の惑星であり、地球の一一倍以上もの大きさである。質星も地球の約三一八倍もある。厚いガスで覆われている。夜晴れていると、地球から非常に奇麗に見える。地球より一一倍以上の大きさだから、明るく見えるのは当然だが、地球よりも少し小さい金星の方が、より鮮やかに見える。それは地球から木星までの距離が、六億二八〇〇万キロメートルと離れているのに対し、金星までの距離は、四二〇〇万キロメートルと近いからだ。夜空に輝く金星は、夜明け前が「明けの明星」夕日が沈んだ後が「宵《よい》の明星」といわれ、まさしくローマ神話やギリシア神話でも登場する、美と愛の女神「ヴィーナス」と呼ばれているのも納得できる。

第六惑星は土星で、ガス惑星である。木星に次ぐ大きさで、地球の九倍強もある。地球から高性能の望遠鏡を使用すると、美しいリングを見ることができる。リングは氷の粒だといわれている。地球の大気は窒素や酸素や炭素の気体だが、陸は内核が固体鉄、ニッケル合金、外核が液体鉄、ニッケル合金、マントルがケイ酸塩、地殻がケイ酸塩と物質が圧縮されていて、八つの惑星の中では、地球の密度が最も高い。土星や木星のようなガス惑星は地球型惑星と比較すると密度が低い。

第七惑星の天王星は、地球の約四倍の大きさだが、ガス惑星であり、密度が低い。

第八惑星の海王星も、地球の四倍弱の大きさだが、ガス惑星であり、密度が低い。


真理が言った。

「太陽系の中心の太陽がお母さんだとすると水星から海王星までの八つの惑星は、地球の兄弟星と考えてもいいんじゃない。でも、地球だけが生物が生きていける唯一の惑星なのよね」

愛美も言った。

「生き物たちにとって、最も尊く美しい惑星は、やっぱり地球だけなのよね。以前には、九番目の冥《めい》王星も惑星だったんでしょう」

妖精が答えた。

「以前は冥王星も太陽系の惑星だったんだけど、他の惑星に比べるとかなり小さかったので、惑星から外《はず》されて準惑星として分類されることになったのよ」

愛美はさらに妖精に聞いた。

「妖精ちゃん、惑星によっては、地球の月のように、衛星が回っていたり、惑星と違う軌道で太陽を回る彗星もあるのよね。そんな衛星や彗星等のことも知りたいわ」

冥王星は、アメリカの天文学者クライド・トンボーによって一九三〇年に発見された。しかし、直径が二三七四キロメートルしかなく、小さいので準惑星として分類されることになった。

月は地球の唯一の衛星だが、木星にはたくさんの衛星が回っていて、その一つに「エウロパ」がある。表面は氷で覆われている。そして氷の下が液体の海ではないかと考えられている。

土星の衛星の「エンケラドス」も氷で覆われていて、割れ目から水蒸気や氷粒子のジェットが噴き出していて、地下には液体の海と熱源があるのではなかろうかと考えられている。

すい星は、氷や小さな石の粒が集まってできた星で、太陽を細長い楕《だ》円軌道で公転している。ヘール・ボップすい星やハレーすい星等が有名である。

小惑星の多くは火星と木星の間にあり、軌道は様々で、形も不規則な形をしている。小惑星探査機「はやぶさ」は小惑星「イトカワ」を、「はやぶさ2」は小惑星

「リュウグウ」を探査している。

大宇宙には、「天の川銀河」のような銀河がたくさん存在している。計り知れない。地球が属する太陽系は、天の川銀河の中心部から約二八〇〇〇光年の位置にある。中心部はブラックホールだろうといわれている。天の川銀河の半径が約五万光年で、太陽のような恒星が約二〇〇〇億個も存在しているだろうといわれている。太陽から四、二二光年の距離にケンタウルス座プロキシア星という恒星がある。太陽系に最も近い恒星である。四、三七光年の位置にケンタウルス座α《アルファ》星Aと同じくα星Bの恒星がある。おおいぬ座α星のシリウスが八、六光年、こいぬ座α星のプロキオンが一一光年、わし座α星アルタイルが一七光年、こと座α星のベガが二五光年、ふたご座β《ベータ》星ポルックスが三四光年、ぎょしゃ座α星カペラが四三光年となっているが、天の川銀河には恒星が約二〇〇〇億個もあるだろうといわれているので、天文学的数字と言うしかない。大宇宙には、天の川銀河以外にも無数の銀河があるといわれているので、無限と言うしかない。ビッグバンが約一三八億年前だろうといわれているところから計算すると、宇宙は半径約四七〇億光年ではなかろうかと推測されている。

宇宙誕生のビッグバンが約一三八億年前、原始太陽の誕生が約五〇億年前、原始地球の誕生が約四六億年前だろうと考えられている。

妖精と真理と話し合いながら、愛美が言った。

「宇宙は無限の広がりで、永遠の時の流れなんだね。碧《あお》く美しい地球は、そのような無数の星々の中で、唯一、生き物が生きていける惑星なんだね」

愛美に同感して、真理も言った。

「私たちって、地球の自然があって生きているんだよね。こんな奇跡の星の中で生きているんだから、有意義に生きないといけないね」

真理の有意義という表現を聞いて、妖精が二人に尋ねた。

「まりちゃんとあみちゃんは、どう生きるのが有意義なの？」

真理は次のように答えた。

「今は学校の勉強が大変だから、なんとか授業時間を大切にして、家でも効率的に予習や復習をすることかな」

それを受けて、愛美も答えた。

「私も当然、勉強の成績も上げたいんだけど、やっぱり十分に運動をしている方が、頭が働くような気がするのよ」

二人の考えに妖精は納得して言った。

「そうよね。まりちゃんもあみちゃんも高校生だから、学校の勉強がとても大切な問題だものね。あみちゃんが言うように、体を健康にしていないと、しっかり勉強することもできないので、体を鍛えていることも大切ね」

そして真理が加えた。

「立派な行動をする心も大切よね」

安定した心で自分の良心に基づいて行動すること、高校生としての勉強をしっかりやっておくこと、その為にも健康的に体を鍛えておくことについて、真理と愛美は妖精に伝えたいと思った。妖精が言った。

「高校を卒業したら、就職したり大学生になったりするじゃない。そしてやがて、大人として仕事をするようになるよね。大人になっても有意義な生活をしていくには、どのような考え方をするといいのかなあ」

真理も愛美も少し考え込んでしまった。人はどのように生きていくのがいいのだろうか。思春期には、人が生きていくことについて、深く考え始める頃ではないのか。悩むことも多い年代のようである。昔から人々は、どのように生きるのが良いか考え続けていたのだろう。哲学とは、人の生き方の根本原理を考える学問なのかもしれない。愛美が言った。

「イスラム教やキリスト教は宗教だと思うんだけど、仏教って人生哲学って感じね」

哲学はフィロソフィーともいわれ、ギリシア語からきたようで、知識を愛することのようである。世界や人生の究極の根本原理を追求する学問といわれている。

愛美が続けて言った。

「ヨーロッパではたくさんの哲学者が誕生して、哲学者たちの考えや主張を表現してきたじゃない。アジアでは仏教が、中東、東南アジア、東アジアへと広まったんだけど、私の考えでは、仏教は宗教というよりも、人がどのように生きていくのが良いのかという、人生哲学のような感じがするの。それでね、哲学と仏教の共通点についても、妖精ちゃんとも真理ちゃんとも話してみたいと思っていたの」

六

「哲学って、人間がどのように生きていくのが良いのか、どんな人生を送ると幸せになるのかと考える学問じゃないのかなあ」

と言う愛美の発言に、真理も同調して言った。

「私も、哲学の考え方は、どのように生きるのが人間のより良い生き方なのかを主張しているので、仏教と共通していると思うの。哲学って、どのように発展していったのかなあ」

妖精が答えた。

「西暦紀元前六〇〇年頃、ギリシアでタレスという人が、自然の中での源を水と考えたらしいの。その後も、自然の中の不変化的なものを、空気と考えた人、火と考えた人、多元と考えた人たちがいたらしいの。また、不生不滅の『有るもの』と考えた人もいて、これなんかはまさに仏教的と言えるわよね」

紀元前五六三年頃、インドのルンビニ（現在はネパール）で釈迦が誕生したといわれている。その後中国で、孔子や老子や荘子たちが各自の考えを主張している。紀元前七世紀の頃、ギリシアでは自然を対象として考えられ研究されていた。しかし、紀元前五世紀後半になると、人間の魂が大切であると考えられ、倫理的問題に関心が向けられるようになった。

ギリシアの哲学者ソクラテスは、紀元前四六九年頃の誕生であろうといわれているが、真理の絶対性を説き、良き生き方を追求した。ソクラテスの哲学をプラトンが受け継ぎ、理性的認識の対象となる永遠不変の実在であるイデアを大切だと主張した。その弟子のアリストテレスは、経験と観察を重んじ、自然や人文や社会の学問体系を確立し、後の学問に影響を与えた。

たくさんの哲学者が、ヨーロッパを中心に輩出されていったが、デカルトは、人間は理性的認識によって真理をとらえうると考えた。一方ロックは、人間は経験を越えて事柄を認識できないので、経験が必要だと考えた。デカルトの合理論とロックの経験論を総合統一しようとしたのがカントのようである。カントはドイツで西暦一七二四年に誕生している。認識の問題が哲学の中心的対象と考え、観念論哲学を確立させた。

その後一九世紀から二〇世紀にかけても、多数の哲学者たちが各自の考えを主張している。ヘーゲル、ニーチェ、キンケゴール、ヤスパース、ハイデッガー、サルトル等優秀な哲学者が独自の論理を展開している。

真理が言った。

「どのように生きていくのが、人間の生き方にとって大切なのかを哲学は考えているような気がするの。それに対して仏教は、人間にとってどんな生き方が人間の幸せにつながっているのかを考えているような気がするの。知識を愛する哲学と、幸せを求める仏教との違いが、学問としての哲学と、心の問題としての仏教との違いなのじゃないのかという気がしてきた。自分の考えが正しいか間違っているかは、本当は分からないけどね」

と言って、真理は首を傾《かし》げた。

それを受けて、愛美が言った。

「どのような考え方をして、どのように生きていくのが良いのかということは、哲学も仏教も共通しているけど、ヨーロッパでの宗教はキリスト教が中心だったので、哲学は学問として発展していったんじゃないの。それに対して、中東やアジアでは、どのような生き方が幸せになるのかという仏教は、宗教として発展したのじゃないのかなあ」

と、愛美も自分の考えを交えながら発言した。

仏教の教祖釈迦は、紀元前五六三年頃（諸説がある）誕生し、八〇歳くらいまで生きたようである。インドでは、日々の生活や思考等に関する多神教のヒンドゥー教が、多くのインドの人々の宗教になっている。これは、日本での神道のようである。日本では仏教やキリスト教を信じる人も多いが、一般的な行事では、神道の儀式がよく行われている。

「仏教はどのように広まっていったのかなあ」

真理が、愛美と妖精に聞いた。

釈迦は、動物の命も人間の命と同様に大切にしなくてはいけないと考えた。心の内面を重視し、悩みを解くことを重要し、迷いから解脱する道を説いた。

仏教は中央アジアや東アジアや東南アジア等へと広まっていった。ガンダーラを経由しイランへも広まった。中国を経由し朝鮮半島や日本にも広まり、スリランカを経由しビルマやタイ等の東南アジアへも広まっていった。

日本では飛鳥時代に、聖徳太子がより良い日本を形成していく為に、仏教を新しい政治理念として重んじ、仏教の精神を政治の中心に置いて運営していくことにした。六〇三年に冠位十二階、六〇四年に憲法十七条が定められた。しかし、聖徳太子より以前の五三八年頃に伝来していたであろうともいわれている。蘇我氏が法興寺、聖徳太子が四天王子、法隆寺、広隆寺を建立している。

　奈良時代の代表的な僧に行基がいる。東大寺の大仏を建立する際の責任者になっている。行基は民衆の中に入り、布教活動を行った。

七八四年、桓武《かんむ》天皇は平城京から長岡京に遷都した。七九四年、さらに平安京に再遷都して、平安時代となった。

比叡山《ひえいざん》で修行した最澄《さいちょう》は唐に渡り、天台の教理、禅、密教も学び、帰国して天台宗を開いている。最澄の開いた草庵《そうあん》に始まる比叡山延暦寺《えんりゃくじ》は仏教教学の中心となり、浄土教の源信や将来の鎌倉新仏教の開祖たちが、この比叡山延暦寺で学んだ。

　平安時代に真言宗《しんごんしゅう》を開いたのは空海である。空海も唐に渡り、密教を学び、帰国して高野山に金剛峰寺《こんごうぶじ》を建てて真言宗を開いた。空海は庶民の為に、綜芸種智院《しゅげいしゅちいん》という教育機関を開設したり、社会事業にも力を尽くした。その功績によって、弘法大師として一般社会に広く受け入れられている。真言とは大日如来の真実の言葉を意味していて、その秘奥《ひおう》なことを密教と呼んだようである。

　空海が開設し、真言宗の中心が東寺だったので、空海の密教は東密《とうみつ》と呼ばれ、最澄が開いた天台宗に伝わった密教は台密《たいみつ》と呼ばれた。天台宗の経典『法華経《ほけきょう》』ではすべての人が救われると説いていて、民間に法華信仰が浸透していった。『法華経』は現在でも、重要な経典の一つとなっている。

平安時代後半には、念仏による浄土信仰が盛んとなり、源信や空也が活躍した。鎌倉時代となり、浄土宗を法然が、浄土真宗を親鸞が、臨済宗を栄西が、曹洞宗を道元が、日蓮宗を日蓮が、時宗を一遍が開いた。

法然は阿弥陀仏《あみだぶつ》の救済を信じ、「南無阿弥陀仏」とひたすら念仏を唱えることを強調した。

親鸞の弟子の唯円《ゆいえん》が『歎異抄《たんにしょう》』に、「善人なおもて往生をとぐ、いわんや悪人をや」という親鸞の言葉を紹介している。「阿弥陀仏は善人でさえ成仏させるのだから、他力本願を信じる悪人は当然往生できる」と言っている。浄土真宗は本願寺派の西本願寺や大谷派の東本願寺以外にもたくさんの本山がある。

平安時代から禅は伝えられていたが、鎌倉時代となって、臨済宗の栄西や曹洞宗の道元などが禅宗を発展させていった。栄西は戒《かい》を厳しく守り、坐禅に専念することが仏教の本質であるという立場を守った。道元も生涯ひたすら坐禅に取り組んだ。

日蓮は『立正安国論』を著し、天台宗の経典『法華経』による救国を訴えた。

「南無妙法蓮華経」のお題目を唱えれば、仏と心がつながるとした。

時宗の一遍は「南無阿弥陀仏」と唱えれば、阿弥陀仏が衆生を往生させてくれると言って、念仏を唱えながら、全国を布教して巡った。

他にも多数の立派な僧侶たちが輩出している。

また、仏教の教義は非常に複雑で難しい。仏教の世界観は彼岸と輪廻《りんね》の二元論。「南無阿弥陀仏」と唱えて極楽浄土へ行くという考え方は、仏教は哲学ではなく、宗教となる。仏には過去仏、現在仏、未来仏、法身物《ほっしんぶつ》、報身物《ほうしんぶつ》、応身仏《おうしんぶつ》とに分けるとなっている。他にも如来、菩薩《ぼさつ》、明王、天部《てんぶ》等の仏もいる。経典の面でも、全六百巻もある『大般若経《はんにゃ》』の真髄を二六二字にまとめた『般若心経』がある。有名な経典だが、これがまた難しい。題は『般若波羅蜜多心経』となっている。大まかな内容は、次のような意味であるようだ。

「観自在菩薩が深遠な智慧の完成のために瞑想していたときに、人間の肉体や精神をはじめとして世の中のあらゆる存在や現象は、五つの構成要素（色・受・想・行・識）で成立していて常に消滅変化する性質のもので、永遠不滅ではないということをはっきりと悟ったのでした。そして、そのように悟ったことによって、あらゆる苦しみと災厄から逃れることができたのです。（色は物質の構成要素）（受は感覚、想は想起、行は意志、識は認識で、受想行識は精神の構成要素）舎利子よ。世の中のあらゆる存在や現象は実態がない「空」にほかならず、同時に「空」であるからこそ存在、現象であり得るのです。ですから、存在、現象はすなわち「空」の性質そのものだから、「空」の性質をもつ存在、現象こそ大事にしなければならないことなのです。世の中のあらゆる存在、現象が「空」であるように、精神の構成要素である感覚も、様々なものを想起することも、意志も、認識もまた同じく「空」なのです。舎利子よ。この世のすべての存在、現象には実体がないという性質があるのです。「空」であるから世の中のすべての存在、現象は、生じることもなければ、滅することもないのです。また、汚れたものでもなければ、美しいものでもないのです。さらに、増えることもなければ、減ることもないのです。空という立場に立てば、物質的な存在もなければ感覚も、想起することも、意志も、認識もないのです。さらに眼・耳・鼻・舌・身体・心といった感覚器官もなく、それぞれの感覚器官の対象となる色形、音声、香りや臭気、味覚、触覚、心もないのです。また、視覚器官と視覚の対象が接触することによって生じる眼・耳・鼻・舌・身・意の意識世界というものもありません。無明という迷いもありません。また、その無明が尽きること、すなわち、悟りだと意識することもないのです。このようにして、ついには老いることも、死ぬこともなくなるのです。そして、老いや死がなくなるということもない状態になるのです。さらに、苦しみも、苦しみの原因も、苦しみを滅することも、苦しみを滅する道もなくなるのです。また、実体のない世の中、「空」の立場に立てば知ることもなく、得ることもありません。なぜなら、「空」のなかでは何かを所有して執着するということがないからです。仏の悟りを求めて修行する菩薩は般若波羅蜜多を実践したが故に悟りの境地に安住しています。そのため、心にわだかまりがなく、わだかまりがないから恐れを感じるということもありません。そして一切の誤った認識や誤解から遠く完全に離れているので、永遠の平安の境地に安住することができるのです。過去・現在・未来の仏たちは、般若波羅蜜多を得ようと実践したために、この上ない崇高な悟りを得たのでした。このようなわけで、般若波羅蜜多は、神聖で偉大な真言であり、この上なくすぐれた真言であり、これに勝るもののない真言であり、他とは比較にならないほどすぐれた真言なのです。そして、この真言はあらゆる苦しみを取り除く真実の言葉なのです。さて、この智慧の完成の真言を説きましょう。すなわち、これこそが真言です。往《い》ける者よ。往ける者よ。彼岸に往ける者よ。完全に彼岸に往ける者よ。仏の悟りに幸いあれ！つまり、この真言はとなえることに意義があり、音そのものに不思議な力があるのです。ですから、ただひたすらに心をこめて祈り、誦《しょう》すれば、あなたも偉大な功徳《くどく》を得ることができるのです」（日本文芸社刊、金岡秀友監修、田代尚嗣著より）

日本の仏教は、中国を伝って来ているので、この『般若心経』もすべて漢字で表記されている。本当に難しい。

妖精が真理と愛美に、仏教についての話をしていたが、真理がその難しさに音《ね》を上げて言った。

「妖精ちゃん、私、もう難しくてついていけない。高校の勉強もそうなんだけど、中学の時の数学と理科は理解できたんだけど、高校の数学や物理や化学は、本当に難しくて、ついていくのが大変。落ちこぼれそう」

それを聞いていた愛美も、真理に同意した。

「私も数学や物理が難しくなってきたのよ。それでね、図書館で『やさしい物理の話』という本を借りて読んでみたの」

興味津津の気持ちで真理が聞いた。

「どうだった。誰が書いた本なの」

愛美は著者名を先に答えた。

「ブルガリア人のヨシフ・ペレッツという人が書いた本なの。読み始めた時は、少し分かったんだけど、読み進んでいくと、やっぱり難しくて分からなくなっちゃった。でも一応最後まで読み終わったんだよ」

「それは立派。『やさしい物理の話』という題名でも、やっぱり難しいんでしょう」

二人の話を聞いていた妖精が言った。

「真理ちゃんも愛美ちゃんも、理系というよりも文系なのね」

「私たちは、どちらかというと英語や国語が得意なのよね」

と二人は揃って答えた。

それを聞いて、妖精が言った。

「実はね、日本語の漢字の中には、仏教からきた漢字は多いのよ」

と言って、少し例を述べていった。

四苦八苦とは、非常な苦しみで、さんざん苦労する意味で使われるが、仏教から来ていて、生・老・病・死の四苦と、愛別離苦・怨憎会苦《おんぞうえく》・求不得苦《くふとくく》・五蘊盛苦《ごうんじょうく》の四苦を合わせて八苦となる。生まれる、老いる、病む、死ぬはそのままで、愛別離苦は愛する人と別れる、怨憎会苦は怨みや憎しみを感じる人と出会う、求不得苦は求めても得ることは難しい、五蘊盛苦は身も心も思い通りにならないという意味になる。約二五〇〇年前の釈迦は、人が老いること、病気になること、死ぬことについて考え、難行苦行の修行をつんだと伝えられている。しかし、苦行では悟りは開けずに、瞑想《めいそう》に入り、人の生き方は中庸が大切だと悟った。中庸とは中道を歩くことである。右に偏《かたよ》ったり左に偏ったりせずに、中道を歩くのが良い。酒池肉林の贅《ぜい》沢《たく》な飲食や快楽に耽《ふけ》ることなく、また粗食や苦行等極端からは離れて、中道を歩くのが正しいと悟った。

仏教では、新年を迎える前の大晦日《おおみそか》の夜、一〇八つの煩悩を取り除く為に、除夜の鐘を突く。煩悩とは、心身を煩わせるもの、悩ますもの、汚すものである。三毒から分類して数が増えていく。三毒の一つは貪欲《どんよく》、二つ目は瞋恚《しんに》、三つ目は無癡《むち》といわれている。貪欲とは欲望のことなので、食欲や知識欲や向上欲等も含まれると考えると、欲望のない人はいないと思われる。仏教での貪欲とは、きっと悪い欲望のことではないだろうか。二つ目の瞋恚とは怒りのこと。三つ目の無癡とは愚かさのことで、知らない無知ではなさそうである。その三毒から煩悩は増えていくが、四つ目の慢は誇りのこと。立派な人は誇り高いことだろうが、慢心してはいけないと考えられる。五つ目の見はただ単に見るという意味ではなく、誤った見解のようである。きっと煩悩の見は、誤解してはいけないと言っているのだろう。六つ目は疑で疑いのことだが、疑問を持つことではなく、惑ってしまったり、正しいことにも間違って疑うことだと考えられる。この六つだけでなく、仏教では、人間にはたくさんの煩悩があると言っている。

では、どのようにすれば煩悩を減少させられるかも解いている。

四つの聖なる真理として、四聖諦《ししょうたい》があり、一つ目の苦諦《くたい》は人生は思い通りにならない苦、二つ目の集諦《じったい》は欲望を引き起こす煩悩、三つ目の滅諦《めったい》は煩悩を滅した境地の涅槃《ねはん》、四つ目の道諦《どうたい》は苦を滅した涅槃に至る為の修行の道となっている。集諦が原因で結果として苦諦が起こる。次に道諦が原因で結果として滅諦となるという因果関係が発生しているらしい。言い換《か》えると、欲望を引き起こす煩悩が原因で、結果として人生は思い通りにならずに苦しむ。そして、その苦しみをなくす為に修行をすることによって煩悩をなくし、涅槃の境地に至るということになる。もっと短く言うと、人間にはたくさんの煩悩があるので、仏道修行をして、煩悩をなくした状態になると、悩みや苦しみがなくなると言っているのだと思われる。

煩悩によって心が乱れ、迷うことから、雑念をなくし、煩悩を消去する方法として『空《くう》』という考え方もある。他人に対して先入観を持っていると、思い誤った認識をしてしまい、相手と対立的な関係になってしまう。人に対しても物事に対しても、こだわりのない清らかな心で対応していくことが大切だと言っている。地位や名誉や財産に執着していると、自分の心が惑わされ、迷いが生じる。奉仕的な心で執着をなくして行動していく『空』の考え方が大切だと言っている。

他にも、煩悩をなくす方法として『八正道《しょうどう》』という考え方もある。八つの正道とは、一、正見（正しいものの見方）、二、正思惟《しゆい》（正しい思索）、三、正語（正しい言語活動）、四、正業（正しく生きる）、五、正命《みょう》（正しく暮らす）、六、正精進（正しい努力）、七、正念（正しい理想）、八、正定《じょう》（正しい精神統一）の八つである。八正道を行うことによって、煩悩を消滅させ、苦しみから抜け出せると言っている。

妖精に対して、またしても真理が言った。

「妖精ちゃん、本当に仏教って難しいね」

愛美も同感だった。そして言った。

「宗教界で、世界中で一番信者数が多いのがキリスト教で、二番目がイスラム教で、三番目が仏教だと、世界史で勉強したんだけど、キリスト教とイスラム教と仏教とでは、どのように違うんでしょうね」

それを受けて、妖精が言った。

「仏教について考えたので、イスラム教とキリスト教についても考えてみましょうか」

真理も愛美も同意した。

七

イスラム教の創始者ムハンマドは、西暦五七〇年頃、サウジアラビアのメッカで誕生している。六一〇年頃、啓示を受け預言者となったムハンマドは、唯一神アッラーの布教を始めた。ムハンマド前のアブラハムやモーゼやイエスは預言者として、エルサレムで預言者たちに会ったという伝説で、エルサレムもイスラム教の聖地となった。経典は『コーラン』で、ムハンマドが受けた啓示をまとめたもので、アラビア語で表記され、ムスリムの価値判断の基準となっている。

ムハンマドは唯一神アッラーの預言者として、豪華過ぎたり、富裕過ぎたりすることは悪いことだと主張し、富の独占を批判していた。そのため、メッカの大商人による迫害を受け、六二二年に信者を率いてメディナに移住し、イスラム教徒の共同体を建設した。その後、六二四年にバドルの戦い、六二五年にウフドの戦い、六二七年にハンダクの戦いを経過し、六三〇年にメッカを征服し、多神教の神殿であったカーバをイスラム教の聖殿に定めた。その後、アラブの諸部族はムハンマドの支配下に入り、アラビア半島の統一が実現した。六三二年、ムハンマドは四万人以上の信徒を引き連れて、メッカへの大巡礼を行った。その後千数百年が経過した現在でも、イスラム教徒たちのメッカへの巡礼が続いている。

イスラム教徒が守らなくてはならない『五行』というものがある。一つはアッラーへの信仰告白、二つ目は一日五回のアッラーへの礼拝、三つ目は食事や喫煙等の欲望を断つ断食、四つ目は財産の一部を貧困者や孤児等に施す喜捨、五つ目は生涯に一度は、決められた道順でカーバ神殿を訪れる巡礼となっている。

イスラム教には独特の習慣がある。結婚では、個人より親同士が相手を決めることが多い。デートも親の監視下に置かれる。他にも様々な習慣があり、豚肉は食べてはいけない。酒は飲んではいけない。タバコも好ましくない。男性は髭を蓄えてもらいたい。トイレや浴室では左手から始めるが、それ以外の一般的な行動は右手から始める。動物は生き物として大切にする。これは仏教の考え方とも共通している。食事は、客に出し、残りは家族が食べ、貧しい人々に分け、その残りは動物に与えることになっている。

イスラム教で大変なのが、スンニ派とシーア派の対立である。ウマイヤ家とハーシム家が後継者を巡って対立した。暗殺したり、反抗を企てたり、征伐したりした。

スンニ派が多数のようだが、シーア派の国々も多い。現在の国々を大きく分けてみると、イバード派がオマーン、シーア派が五つくらいあり、イスマーイール派がインドやパキスタン、アラウィー派がシリア、ドルーズ派がレバノンやシリア、ザイド派がイエメン、一二イマーム派がイランやイラクやレバノンやアフガニスタンやバーレーンやクウェートやパキスタンとなっていて、シーア派を形成している。そのシーア派に対立しているのがスンニ派となっている。スンニ派は多くのアラブ諸国、トルコ、インド、東南アジア、中国、アフリカ諸国となっている。

イスラム教について、妖精と話している途中で、今度は愛美が音《ね》を上げた。

「イスラム教って、世界中にたくさんの信者がいるのに、その歴史を振り返ってみると、大変な出来事が多かったのね」

真理も同意して言った。

「なんと言っても、スンニ派とシーア派の対立は、長い因縁の対決といった感じがするね。ムハンマドがイスラム教を創始したのが六一〇年頃だとすると、その時はアッラーの神に対する敬虔《けいけん》な気持ちだったと思うの。でも、対立する人々との戦いが続き、後継者たちが主導権争いを繰り返していく。そのようにして現在でも対立が続いているのは悲しいね」

六一〇年頃が、イスラム教の創設と聞いて、

「六一〇年頃というと、聖徳太子が日本の政治に仏教の考え方を取り入れて、政治を行っていた頃だと思うよ」

と、愛美が言った。

「イスラム教が始まったのが、日本の飛鳥時代だったら、仏教が始まったのは、日本の何時代なの」

と、真理が聞くと、愛美が少し考えて言った。

「釈迦の誕生は紀元前五六三年頃という説があって、三五歳くらいで仏教を創設しただろうといわれているので、紀元前五二八年頃が仏教の始まりじゃないのかなあ。その頃の日本は、確か縄文時代というか、新石器時代ともいわれていて、弥生時代に向かう頃だと思うよ」

それを聞いて、真理が言った。

「仏教の創設は、日本が縄文時代から弥生時代へと向かう頃というのは、本当に古いのね。その次がキリスト教だけど、西暦が始まった頃だから、弥生時代だよね。それより後に、卑弥呼が邪馬台国の女王となるんでしょう。そしてその後に、聖徳

太子が日本の進む方向として仏教を取り入れたのよね」

真理が言うように、仏教の考え方は日本の多くの人々の生活に入り込んでいった。しかし、イスラム教は、あまり日本人の生活の中には入り込んではこなかった。

愛美は、世界で最も信者数の多いキリスト教について、妖精に尋ねた。

「妖精ちゃんはキリスト教圏の出身なんでしょう」

「そうなのよ。ヨーロッパやアメリカが私たち妖精の誕生の地になるわ」

と言って、キリスト教について、妖精は真理と愛美に話していった。

世界中には、たくさんの民族がいて、各地にたくさんの宗教がある。多くの宗教は多神教が多い。日本の神道では、八百万《やおよろず》の神々が存在するといわれている。世界各地にはその土地特有の神も存在するので、数を限定することはできない。また、数少ないが、一神教の宗教もある。民族宗教の中では、一般的に、仏教とキリスト教とイスラム教は一神教だといわれている。

ユダヤ教が一神教のようである。

実は、キリスト教もイスラム教も、このユダヤ教の一連の流れに関連している。

一神教であるから、唯一神は共通しているが、ヤハウェ（エホヴァ）と呼ばれようが、アッラーと呼ばれようが、天地創造の唯一神のことを言っていると思われるので、各宗教関係者には申し訳ないが、大きな視野で見てみると、同じなのではないだろうか。

　聖書には旧約聖書と新約聖書があるが、旧約聖書は、ユダヤ教でもキリスト教でもイスラム教でも、その内容が取り入れられている。旧約聖書は本来、ユダヤ教の聖書であり、キリスト教では新約聖書も加わって、聖書といわれている。イスラム教では、聖書の内容を受け継いでいるが、ムハンマドがアッラーの神の言葉を「コーラン」に記しているので、「コーラン」が聖典となっている。

　旧約聖書の内容は莫大《ばくだい》だが、その中の有名な一つに「モーセの十戒」というのがある。ヘブライ人のモーセはエジプトの王女によって育てられた後、ミディアンの祭司ホレブの元で羊を飼う者となった。羊を追ってシナイ山に来た時、ヤハウェの神が、エジプトで奴隷として苦しむヘブライ人の救出を託した。モーセはエジプトに戻り、王にヘブライ人の解放を求めたが拒絶された。しかし、その後王はヘブライ人を解放することになり、モーセの導きでヘブライ人は、奇跡的にエジプト脱出に成功する。そして、シナイ山に来た時、ヤハウェの神との契約が更めて結ばれた。そのシナイでの契約が十戒である。十戒とは、基本的な倫理を定めた十の掟となっている。内容は一、唯一の神である私のほかに、神があってはならない。二、いかなる偶像もつくってはならない。三、神の名をみだりに唱えてはならない。四、七日目を安息日として心に留め、聖なる日として区別せよ。五、父母を敬え。六、殺してはならない。七、姦淫《かんいん》してはならない。八、盗んではならない。九、偽証してはならない。十、隣人の持ち物を欲してはならない。以上がモーセがシナイ山で授かった「シナイ契約」で、「モーセの十戒」といわれるものである。

民族宗教のユダヤ教と、その後世界中に広がっていったキリスト教とでは、考え方や主張に微妙な違いがあるのではないだろうか。旧約聖書の神は、正義の神、裁く神であるような気がする。それに対して、新約聖書の神は、愛の神、罪を許す神であるような気がする。

キリスト教では、イエスがキリストであるというのが、その教えの中心となる。イエスの母マリアはナザレに住んでいたが、皇帝アウグストゥスの人口調査の為に、夫ヨセフの先祖がダビデ王の出身地ベツレヘムへと向かった。そのベツレヘムの馬小屋で、イエスは誕生している。

三大宗教、キリスト教、イスラム教、仏教に共通しているのは、絶対者の下《もと》にすべての人は平等であるというものである。

イエスの考えでは、絶対者である神の下ですべての人は平等であるので、弱い立場の人や病気の人や社会的身分の低い人々の中に、神の愛を伝えていった。当時のユダヤ教の祭司や律法を重んじていたパリサイ派の人々は、ローマの支配を受け入れ、貧困に苦しむ人々の声を聞き入れなかった。しかし、イエスはユダヤ教の祭司やパリサイ派とは反対に、貧富の差に関係なく、神の愛と隣人愛を説いていった。神の摂理では、人間は良い行いをして、悪い行いをしないようにと伝えていった。悪い行いをした人は、神の前で自分の悪事を認め、許しを請い、神の望む行動をしていくようにと求めた。抽象的だが神は「愛」であるので、その愛によって、万物は造られ、人間も造られているので、人間は神を愛し、隣人を自分と同じように愛するようにと伝えていった。民衆はイエスを救世主キリストと信じ、多くの人がイエスの説教を聴くようになり、弟子も増えていった。ユダヤ教の祭司やパリサイ派はイエスをローマに対する反逆者であるとして、総督ピラトに訴えた。多くの民衆がイエスに従うし、神の下にすべての人が平等であるという主張は、反対者たちには受け入れられなかった。最高法院で大祭司カイアファの裁判を受けた。ローマ総督ピラトは、イエスは無実であり、釈放しようとしたが、反逆者たちの「十字架にかけろ」という声に押され、十字架の処刑の判決を下してしまった。イエスは十字架を背負い、刑場であるゴルゴタの丘まで歩かされ、運んだ十字架上で処刑されてしまった。イエスの遺体は、岩を掘って造った墓に納められた。しかし、三日後、イエスの遺体は墓から消えていた。イエスは復活したと伝わり、やはり救い主神の子キリストだったのだと信じられ、キリスト教は世界中に広がっていった。

妖精がキリスト教の説明をしている途中で、また、真理が自分の考えを言った。

「妖精ちゃん、仏教のように難しくはないんだけど、キリスト教もイスラム教と同じように、対立や困難がたくさんあったんでしょう」

それを受けて、愛美も世界史で勉強したことを思い出した。

「イエスの十字架での処刑は、自らを犠牲にして人々を救済するというメシア像で、神の子キリストとして復活したことを、イエスの弟子たちがキリスト教として布教し始めたんでしょう」

弟子のマタイやマルコやルカやヨハネが、イエスの言動や教えを福音書に書き、使徒言行録、使徒への手紙、ヨハネの黙示録等が新約聖書としてまとめられている。

「イエスの十字架処刑後は、弟子のペトロやパウロたちが協力して、下層階級の人々や女性や奴隷たちの弱者を大切にして、キリスト教を広めていったんだよね。でも、それから二〇〇〇年もの間に、イスラム教と同じように、分裂したり戦ったりとたくさんの出来事があったのよね」

と、愛美は少し悲しそうに言った。

西暦六四年に、皇帝ネロからの迫害から始まり、三〇三年にディオクレティアヌス帝の大迫害があった。しかし、三一三年にコンスタンティヌス帝のミラノ勅令《ちょくれい》で公認されることになり、三九二年にテオドシウス帝が国教としたので、聖職者の身分が成立し、教会が組織化されることになった。

世界中どの地域でも、国境は変化し続けていった。ヨーロッパでも、時代と共に、各国家は他国を侵略したり、他国から侵略されたりして、国土を広げたり、国土を失ったりした。残念だが、人間は戦争をしながら、自分たちの欲望を実現させたいようである。攻撃したいのか防衛したいのか、キリスト教でも、一〇九六年頃に十字軍を形成させている。

一五一七年頃、教皇レオ十世はローマのサン・ピエトロ大聖堂建築の資金調達の贖宥状《しょくゆうじょう》という免罪符を販売していた。しかし、マルティン・ルターが、キリストの福音を信じる福音信仰こそ大切だとして、宗教改革を行った。その後も各地で宗教改革が行われるようになった。それに対し、一五四五年頃、カトリック教会側も腐敗防止に努め、積極的な宣教を広げていった。一五四九年にスペイン人フランシスコ・ザビエルが日本に来航し、布教活動を行っている。しかし、一五八五年に豊臣秀吉が関白となり、二年後の一五八七年には日本でのキリスト教を禁止している。

封建制度の戦国時代には、人間の平等という考え方は受け入れられなかった。

一五五九年、イギリスではエリザベス一世の治世下の統一法で、イギリス独自の教会体制を確立し、イギリス国教会は、司教制を維持したり、儀式では旧教に似た点を残していた。ピューリタンと呼ばれる清教徒たちはカルヴァン主義の徹底を求めた。カルヴァンはフランスの人文主義者だが、『キリスト教網要』を公刊したりして、ルターの宗教改革の後で、独自の宗教改革を行っている。イギリスでは、一六四〇年頃からイギリス革命が起こったが、市民の力が盛り上がり始め、一六四二年にピューリタン革命となり一六四九年頃まで続いた。

ヨーロッパでは各国間の戦争があり、世界各地に植民地を求め海外進出を行っていった。ポルトガル、スペイン、オランダ、フランス等の国々がアメリカ大陸にも進出している。イギリスは一七世紀初頭、北アメリカ東岸に植民地ヴァージニアを設けた。

一六二〇年、ピューリタンのピルグリム・ファーザーズが帆船《はんせん》メイフラワー号で、イギリスでの迫害を逃れて、北アメリカに渡り、プリマスに定住して、ニューイングランド植民地の基礎をつくった。

メイフラワー号と聞いて、愛美は中学生の頃の社会科を思い出して言った。

「まりちゃん、清教徒のピルグラム・ファーザーズの人たちがメイフラワー号でアメリカのプリマスに到着して、地元の人たちから助けてもらって土地を耕して、仲良く生活したって勉強したよね」

真理も中学生の頃を思い出した。

「そうだったね。社会科の時間だったよね。イギリスから大西洋を横断して、大変な船旅だった清教徒の人たちを、地元のアメリカの人たちがとても親切に受け入れて助けてくれたんだったよね」

その後を愛美が受けて言った。

「でもさ、その後でたくさんのイギリス人たちがニューイングランドに入国してきて、植民地にして、その後は段々と西へ西へと進んでいって、地元の人々をやっつけていったんでしょう。アメリカの西部劇では、まるで白人が正義であるかのように描かれていて、インディアンが悪者みたいだけど、実はその逆で、インディアンこそネイティブアメリカンであって、白人が侵略者じゃないの」

真理も愛美と同じ気持ちだった。

「そうよ、あみちゃん、ネイティブの人たちこそ被害者だよね、ところであみちゃん、どうしてネイティブの人をインディアンって呼んでるんだろう」

愛美は、社会科の授業を思い出して言った。

「確かイタリア人のコロンブスが、東に向かって陸路をインドへ行くよりも、地球は丸いので、大西洋を西に向かって行くと、早くインドに着くと思ったのよ。そして大西洋を西に向かって進み、実際にはアメリカ大陸に到着したんだけど、その場所がインドだと思っていたので、その大陸の人々をインディアンと呼んだんだと思うよ」

「あみちゃんはよく覚えているね。世界史の授業で勉強したんだったよね」

と真理は愛美に感心した。

二人の話を聞いていた妖精が、そのことについて説明した。

一四九二年、スペインの女王イサベルが、コロンブスの船団をインドへ派遣《はけん》した。コロンブスは、天文学者のトスカネリが地球は球形だと主張していた説を信じ、大西洋を西に向かってインドへと向かった。ハバマ諸島のサンサルバドル島を経由し、アメリカ大陸に上陸したのだったが、実はそこはインドではなく、現在のアメリカ大陸だったということになる。コロンブスが考えていたよりも、地球はずっと大きかったことになる。

コロンブスの大航海等で、地球は平面ではなく、球形だと知られるようになったのは、一五〇〇年頃ではないだろうか。一五一九年にマゼランのマガリヤンイス艦隊が世界周航を始めたが、一五二二年くらいまでかかっている。それから約一〇〇年後の一六二〇年がイギリスの清教徒たちのメイフラワー号でのアメリカ移住となっている。

実は地球は丸いだけではなかった。一五四三年、コペルニクスが地動説を提唱した。そして一六〇九年にガリレオ・ガリレイが天体望遠鏡で、木星を回る衛星を発見している。

この頃から科学が急速に発展していくことになる。医療化学や解剖学が始まり、生物学と医学の土台が造られた。運動力学、磁気の研究、化学的研究も進められていった。

残念なのは、ガリレオ・ガリレイの真意が彼の生涯の中では認められなかったことである。「近代科学の父」といわれているガリレオ・ガリレイは一五六四年の誕生のようである。彼は熱心なカトリック教徒だった。しかも科学者として、様々な実績を残している。地球上で生活している人類にとっては、朝、太陽が東の空から昇り、上空を通過して、夕方に西の空へと沈んでいくと感じる。しかし、科学的に考えてみると、地球が自転しているということになる。一五四三年にコペルニクスが地動説を提唱した。そこでガリレオ・ガリレイはその地動説を科学的実験や研究で確かめていくことになる。そして、望遠鏡を製作し、月や木星を観測していくことによって、地動説を確証していき、一六三二年に『天文対話』を出版した。しかし、当時はまだ天動説が正しいと考えられていたので、教会からは一六三三年の宗教裁判で、ガリレオ・ガリレイに地動説を撤回するようにとの判決が下され、彼はやむなく撤回せざるをえなかった。彼の生涯では、地動説が正しいという彼の真意は認められなかった。その後、時代が経過していき、最終的には、教会側から地動説が正しかったと認めて、ガリレオ・ガリレイに謝罪している。

科学面では、たくさんの科学者が輩出するようになっていった。一六四二年誕生のイギリス人自然科学者ニュートンは、一六八七年に万有引力の法則を唱え、近代物理学の基礎を打ち立てた。優秀な科学者たちの弛《たゆ》まない努力と研究によって、科学は目まぐるしい発展を遂げていくこととなった。

そのことと平行して、ヨーロッパの国々から産業革命が始まり、人間の生活に大きな変化が発生していくことになっていった。

科学の発展の話を聞いていた愛美が、少し複雑な気持ちになって言った。

「科学が発展していったことは、とても素晴らしいことだと思うんだけど、産業革命が進んでいき、地球温暖化によって、生物の命が危険に瀕《ひん》するようになったのは、本当に残念よね」

産業革命が始まったのは、だいたい一八世紀の半ばくらいだった。一九世紀には鉄道が開設されたり、車が開発されたりして、当時の人々からは大歓迎された。アメリカの発明家エジソンは一八七九年に電球を発明している。まだ一九世紀には、地球温暖化の問題は、世界的な広がりとはなっていなかった。

いつの時代でも、戦争が発生していたが、戦争は人間にとって大変な問題であると共に、地球の環境にも大変な悪影響を及ぼす。

二〇世紀になり、一九一四年から一九一八年まで、第一次世界大戦が発生しているし、一九三九年から一九四五年まで、第二次世界大戦が発生してしまった。戦争は武力を使って、敵国の人間を殺すだけで、良いことは何もない。二〇世紀の乗り物の進化では、アメリカのライト兄弟が飛行機で空を飛んでいる。その後、ジェット飛行機も開発された。一九五七年に、ソビエトが地球外の宇宙にスプートニク一号を打ち上げ、一九六一年にはソビエトのガガーリン少佐をロケットで地球圏外を周回させることに成功した。その後一九六九年に、アメリカのアームストロング船長のチームがロケットで月面着陸を実現させることとなった。

宇宙を含めて科学は日進月歩だが、同時に産業面での開発も進み、人間の生活が便利となり、地球の環境は、地球上の生物にとって大変危険な状態となってしまった。自然界には無かったプラスティックは、人間にとっては便利だが、大量生産と使い捨てによって、地上だけでなく海水中もプラスティック塵《ごみ》でいっぱいとなり、生物の生存が危険に晒《さら》されている。地球だけでなく、地球を取り巻く宇宙空間も、ロケットや人工衛星等の残骸《ざんがい》が増過するようになってしまい、今後の宇宙開発にも影響を与えるようになってしまっている。

科学の発展と環境問題との関連とを考えて、真理も愛美と妖精に言った。

「私もあみちゃんと一緒で、科学が発展し続けているのは、素晴らしいことだと思うの。医学の分野でも、怪我や病気で苦しむ人々を助けたり、命を救ったりするんじゃない。本当に有り難いし立派なことだと思うの。地球や宇宙の真理《しんり》も、段々と解明されてきているじゃない。妖精ちゃんが教えてくれたように、宇宙は信じられないほど広いのよね。地球環境や地球周辺の宇宙空間が汚染されているのも、すべて人類の責任なのよね」

「そうよね。私も、まりちゃんとまったく同じ気持ちだよ」

と、愛美も相槌《あいづち》を打った。

妖精も二人に温かい眼差《まなざ》しを向けていた。

「仏教では、人間には煩悩があると言っているし、ユダヤ教もキリスト教もイスラム教も人間は原罪を持って生まれてきていると言っているので、相手を許すことも大切なことよね。まりちゃんもあみちゃんも、親子喧嘩をしたり、兄弟喧嘩をしたりしたことがあるんじゃないの」

と言う妖精の言葉を、真理も愛美も、自分と関連させて考えさせてみた。

「そうよね。許し合うことも大切よね」

と二人は声を合わせて言った。

キリスト教はヨーロッパで広がったが、ローマ・カトリック教会から東方正教会が分裂していった。ルターの宗教革命によって、プロテスタントとして皇帝カール五世に抗議したが、一五五五年のアウグスブルク和義で一旦和解した。しかし、ルターの宗教改革の後からも改革は進展していき、たくさんのプロテスタント諸派が、それぞれの考えを主張している。科学が発展してからは、カトリック信徒だったガリレオ・ガリレイの地動説は、彼の生存中は認められなかった。しかし、その後カトリック教会が謝罪して、地動説が正しかったと認めている。科学に対しては、一七世紀のプロテスタントは、科学の大切さを重視している。自然科学の学会組織であるロンドンの王位協会の設立構成員にロバート・ボイルがいる。彼は気体の性質や化学の研究で有名な科学者である。彼はプロテスタントの信徒で、理性によって自然界に潜む神の属性を解き明かしたいと思ったようである。プロテスタントの倫理では、科学との結びつきを大切だと考えていた。万有引力の法則で有名な物理学者のニュートンも、聖書の解読に熱心だった。

謝罪の面から見てみると、進化論を主張したチャールズ・ダーウィンに対しても、カトリック教会側が、後に謝っている。一八五九年にダーウィンは『種の起源』を出版した。

一八〇九年に誕生し、一八八二年に亡くなっているので、ダーウィンは一九世紀の科学者である。自然界の生物を研究していったダーウィンからすると、種は変異していくもので、「自然選択」というメカニズムを提唱し、種の変異の結果、多様性が生じたと説明した。

科学の面だけでなく、後に、キリスト教はユダヤ教とも和解している。二一世紀になった今でも、人間同士で、他の国々と戦争を続けるのは悲しいことであり、やはり和解こそ人間にとって大切なことではないだろうか。

妖精と話しながら、愛美も和解が大切だと思った。

「私も時々親子喧嘩や兄弟喧嘩をしたりするけど、少し時間を置くと、自然と元に戻っているの。でも、本当はちゃんと謝った方がいいよね」

それを聞いて真理が言った。

「私も謝らないよ。でも、親や兄弟とは改まって謝まらなくったって、ちゃんと相手がどんな人か分かっているからじゃないの」

考えてみると、愛美は家族間で口喧嘩をしたからといっても、本当に家族を悪く思っているんではないと確信している。真理も同じだった。よく考えてみると、相手を信頼しているから、自分の思いを少し強く言ったとしても、きっと受け入れてくれるだろうという気持ちが二人の心の中では働いていた。

愛美は、いつも一緒にいる人とは気心が知れているが、そうでないと、大変なことが起こるのではないかと思った。

真理は、愛美の気持ちはよく分かる。自分の家族と同じように、愛美とも一緒にいることが多い。でも、口喧嘩はしたことがない。人間は、少しだけ心の持ち方に工夫をすれば、争いが減るのではないかと思った。

「妖精ちゃん、人間って昔から争いを繰り返しているじゃない。個人的な喧嘩だったら、なんとか努力して解決できるけど、国家間の戦争になると、なかなか短期間で解決できないよね。どうしたらいいのかなあ」

「そうよねえ」

と言って、妖精も困ってしまった。愛美も、戦争の解決の方法は分からなかったが、妖精から聞いた宗教や科学の話も考えながら言った。

「宗教は人の心に安心感を与えるような気がするの。科学が発展していくと、いろんな身の周りの現象が理解できるようになって、生物のことや気候のことも分かるので、生活し安くなるのだと思っていたの。そうなっていくと、人間同士の争いも少なくなって、より平和になっていくのだと思っていたの。でも、人間の歴史を観ていくと、決して平和にはなっていないよね」

科学が進んでも、人間の心の善良化には直接的には影響していないし、産業革命が進むと、確かに人間の生活は便利になるが、逆に地球環境は悪化してしまっている。人間以外の生物にとって、人間は困った存在でしかない。植物や動物は人間の為の生物になっていないだろうか。

真理も、愛美の発言を少し真剣に考えて、妖精に言った。

「妖精ちゃん、あみちゃんが言っているように、どうして人間には平和な世界が実現できないんだろうね」

真理と愛美の訴えは、妖精にも十分理解できる。しかし、正確な解答は浮かばなかった。妖精は、人間の身体と脳について説明することにした。

人間の身体は他の動物とは違っている。哺乳動物の中の霊長類の中でも、やはり人間は違っている。

身体の分類の仕方には、いろいろとあるが、大雑把《ざっぱ》な一つの分類は、次のようにも言える。脳。神経。骨。筋肉。感覚器官。呼吸器官。消化器官。泌尿器官。生殖器官。内分泌液。血液。循環器官。細胞。遺伝子。その他。霊長類の遺伝子は人間の遺伝子に近いらしい。それでも、人間の脳には特長がある。

脳は大脳、小脳、脳幹からなり、約八割が大脳となっている。

大脳の表面は大脳皮質で覆われ、内部は大脳髄質で大脳核が包み込まれている。大脳皮質は灰白質の起状に覆われていて、ものを感じたり、記憶したり、考えたり、言葉を話したりといった活動を支配している。前が前頭葉、中央が頭頂葉、後ろが後頭葉、両横が側頭葉と呼ばれている。

小脳は大脳後頭の下部にあり、大脳テントで隔てられている。内耳の平衡器官や、情報処理をして体のバランスを取ったり、筋肉を強調させて全身を動かす働きがある。

脳幹は、大脳半球と脊髄《せきずい》を結ぶ部分で、間脳、中脳、橋、延髄からなっている。呼吸、心臓、体温の調節をしたり、自立神経系やホルモンの働きを司っている。

一般的に、大脳で論理的な思考をしたり、判断をしたりして、小脳で体の平衡感覚を保ったり、大脳の運動命令を全身に伝えたりしているといわれている。武道やスポーツで、「心・技・体」という表現が使われる。それぞれの競技で、この三つが大切だと考えられている。「心」では、自分にも克てる強い心が必要なのだろう。不正な心を持っていては、自分だけでなく、相手にも負けてしまう。

「技」はどの競技でも、効果的に実力を発揮できる技術を身に付けるとよいといわれている。その為に、練習に練習を重ねていく。

「体」はやはり強い体力が必要だと思われる。その為には、体幹を強くするトレーニングをする。「心・技・体」を鍛えて、武道やスポーツの能力を高めることだと思われる。

脳の働きと関連させると、「心」は大脳で考え、「技」や「体」は大脳からの伝達を、小脳の能力を使って、骨や筋肉やそれぞれの器官へと伝えて、身体全体を造っていくことと言えるようである。

スポーツだけでなく、人間の生活や考え方においても、脳には大切な働きがある。

脳の話をしながら、妖精が二人に尋ねた。

「まりちゃんもあみちゃんも、健康的で普通の高校生じゃない。身体が健康なことは、学校生活を行っていくのに、とても大切だよね。通学をして、学校生活も家庭生活も規則正しく送っている。友人関係は、学校生活で重要よね。それも脳と関係があるんじゃないの。身体は体育で丈夫にしているれど、小脳からの伝達で筋肉や骨へと運動指令が伝えられるので、やはり脳が大切だよね。そして、学校や家庭での勉強。脳を効果的に働かせて、学力を身に付けていくことはいいことよね。だから脳の働きってとても大切よ。脳を活発に動かす為には、同時に休ませることも必要で、睡眠も大切だと思うの。二人は、脳にとって睡眠って、どのように思う？」

愛美が、両親が子供の頃の話を思い出した。

「私の親が子供の頃は、睡眠時間を減らして夜遅くまで勉強しなくてはいけない、と言われていたんだって」

愛美の発言を受けて、真理も続けた。

「私の親の時も、同じよ。とにかく、夜遅くまで勉強するべきだと思っていたらしいよ」

と真理が言うので、妖精がまた、二人に聞いた。

「まりちゃんとあみちゃんはどう思うの」

真理と愛美は、睡眠が大切だと思うのだが、夜眠くても、家庭学習に時間を使わないと、学校の授業には付いていけないのが事実だった。真理と愛美は、学校での勉強を授業中も家庭でもやっているのだが、二人が思うようには良い結果が出せていない。十分に睡眠を取るより、少しでも家庭学習をしないと、やはり二人は心配だった。妖精は二人のためらいを感じ取って言った。

「まりちゃんもあみちゃんも、中学生の頃までは、ちゃんと勉強して良い成績を残していたんでしょう。じゃあ大丈夫よ。確かに高校の勉強内容の量は多いのよ。難しいからといって諦めたら、やっぱり駄目ね。諦めずに、できるだけ頑張り続ければいいのよ。夜に、勉強をして、自分が寝る時間が来たら、あとは明日の自分を信じて床に就けばいいのよ。実は眠っている時の睡眠が、それまでに勉強していた内容を、二人の頭の中に定着してくれているのよ」

睡眠中には、眠りが深い徐波睡眠と浅い睡眠があり、交互に繰り返される。それとは別に、急速眼球運動といわれるレム睡眠も、規則的に表れる、ベータ波となっていて、その逆のノンレム睡眠ではデルタ波やシータ波となっている。レム睡眠の時、体の筋肉は休んでいるが、脳が活発となり、夢を見たりする。

大脳の血液循環と酸素消費が活発に行われている。睡眠はとても大切で、体だけでなく、脳にも影響を与えている。

脳は連携して情報処理にあたっている。言語や思考や記憶等高度な情報処理により、知能や精神を生み出しているのが大脳となっている。右脳が左半身を支配し、左脳が右半身を支配している。右脳には創造的な発想や感覚的機能がある。絵画や音楽の才能と関係している。直感や創造力をになっているのが右脳となっている。左脳には論理的機能がある。読む、書く、話す等の言語活動や計算や時間観念等の論理的な思考をになっているのが左脳となっている。膨大な情報を処理したり、蓄積したりする大脳。その大脳も身体と同様に、繰り返しの鍛錬が必要となる。仏教の宗派によっては、お坊さんが心の修行をする。プロの一流スポーツ選手は、身体の鍛錬をする。優秀な学者は、研究を続けながら大脳を鍛錬しているのではないだろうか。

真理と愛美は普通の高校生だ。でも二人は現在の自分の学力を伸ばしたいと思っている。その為には、規則正しく、日々の勉強をして、後は、夜は十分な睡眠を取ることが大切だと言えそうである。早寝、早起き、朝ご飯は小学生の頃から学校で言われている。高校でも始業時間に遅れないように、朝早く起きて、規則正しく生活している。学校では勉強だけでなく、身体の健康と体力をつける為に、体育で運動をしている。妖精が真理と愛美に伝えたいのは、心配しないで、夜寝る時間になったら、安心して床に就くといいと言っているのだった。

八

他の動物と違って、人間の脳は複雑で、非常に高度な構造になっている。体が大きく強い動物の中で、体の弱い人間は、道具を使って槍《やり》を造ったり、火を利用したりして、地上で生き延びてきた。人間が生存し続けて、二一世紀の文明社会を築いてきているのは、脳の働きが大きい。人間にとって都合が良く便利な社会になっている。しかし、その頭の良い人間が、逆に地球温暖化や環境汚染で、地球を壊そうとしている。

四六億年前に原始地球が誕生した時はまだ火の塊だった。六億年もかかって、地球が冷えていき、地球に海が誕生していった。それから約二億年後、約三八億年前に地球の海の中に、プランクトンのような微生物が誕生しただろうといわれている。その海の中で、生物が進化していき、植物や動物が増えていっただろうと思われている。そして陸上へと微生物や原始の動植物が上がり、進化していった。天変地異の災害は、現在の二一世紀とは比較にならないほどの大災害の連続だったはずである。人類誕生以前に、恐竜が生息していた時代もあったが、恐竜は絶滅してしまった。鳥の先祖は恐竜だろうという説もある。地球の陸地も海も、地球上で生活している動植物も、万物が変化し続けている。

現在の人類は、いつ地球上に誕生してきているのか、正確には分からないが、一説によると、猿人から原人、原人から旧人へ、そして旧人から新人へと進化し、約二〇万年前頃ではないだろうかといわれている。

現在の人類の先祖の一万年前頃は、どのような地球だったのだろうか。当時の陸地は、現在のユーラシア大陸、アフリカ大陸、オーストラリア大陸、北アメリカ大陸、南アメリカ大陸、南極大陸とは、やはり違っていただろうと想像される。

地上では、何度も氷河期があったが、最後の氷河期が終わり、約一〇〇〇〇年前頃、現在の日本列島が形成されたようで、日本は縄文時代だったようである。世界では、農耕や牧畜が開始された所があると考えられている。

約五〇〇〇年前頃、日本では竪穴住居に住み、集落を形成していただろうと考えられている。世界では、エジプト文明、メソポタミア文明、インダス文明、中国文明の四大文明が集団での文明の開始だろうといわれている。

日本では、約二三〇〇年前頃に、中国大陸から稲作や金属器が伝来し、弥生時代へと向かったようである。

その頃より以前の紀元前五六三年頃に、釈迦が誕生していて、人間は年を取るし、病気にもなるし、死んでいくという苦しみに対して向き合っている。紀元前五〇〇年頃には、トルコやギリシア方面でペルシア戦争が発生している。実はそれより以前から、ギリシア近辺では、各地で戦争をやっていて自分たちの土地を広げたり、利益を得たりして、栄えたり、敵を殺したりして、戦争を繰り返してきている。紀元後になっても、各地で戦争は繰り返され、二〇世紀に入って、一九一四年に第一次世界大戦の勃発、一九三九年に第二次世界大戦の勃発となり、日本も一九四一年に太平洋戦争を始め、一九四五年八月一五日に終戦となった。二〇世紀に二度の世界大戦があったことからの反省から、二一世紀には戦争はやってはいけないと、世界の人々は決心したと思われていた。しかし、二〇二二年に、ロシアがウクライナへの侵攻を行ってしまった。このように、人間の経過してきた歴史を顧みてみると、脳の発達している人間は、科学や文化や産業を発展させると共に、生命や地球環境を壊していく存在でもあるのではないだろうか。

妖精の話を聞きながら、少し絶望的になった愛美が妖精に言った。

「妖精ちゃん、今後、人間はどのように生きていけばいいんだろう?」

妖精が少し考えて言った。

「そうねえ、二一世紀の地球上には、約八〇億人もの人々が生活しているんでしょう。日本の諺《ことわざ》に十人十色というのがあるじゃない。皆、考え方や好みも違うということだから、世界全体では、八〇億人八〇億色ということね」

真理が少し憤慨して言った。

「妖精ちゃん、ふざけないでよ」

「ふざけているんじゃなくて、実は妖精たちは人間に良いことを指示するんじゃないのよ。人間が自分たちでより良い道を選んで、自分たちで決定していく。それを見守っているのが、妖精たちの役目なのよ」

と、妖精は優しく真理に言った。

「妖精ちゃんはただ見守ってくれているんだ。妖精ちゃんは、あみちゃんと私の友達になってくれて、本当に嬉しいんだ」

と真理は心の底から、妖精に伝えた。

真理と愛美は、正午より少し前に、おにぎりとサンドウィッチを食べた。そして前回と同じように、緑の大草原で、真理と愛美は、楽しく妖精と会話を楽しんだ。

太陽の位置は、南より少し西へと向かっているが、まだ午後の暖かい日差しが降り注いでいる。

妖精と真理との遣《や》り取りを聞いて、愛美も妖精に言った。

「妖精ちゃんは、人間に指示はしないと言ったけど、人間の行動に対しての妖精としての考えは持っているんでしょう」

「そうよ。私たちも人間に対しての気持ちや考えは持っているわよ」

と妖精が答えたので、愛美が続けた。

「二一世紀になったのに、ロシアが軍事力を使ってウクライナへの侵攻をしたんだけど、妖精ちゃんはどのように思うの」

妖精は、

「戦争をしてはいけないわ。平和がいいのは当然よ」

と言って、少し考えて言った。

「ウクライナへのロシア軍の侵攻は一刻も早く止《や》めてほしいわ」

と言って、妖精は次のように説明していった。

マルクスは一八一八年に誕生し、一八八三年に死亡している。マルクスの主張は社会主義の実現だった。一八四八年に『共産党宣言』を発表している。当時のヨーロッパでは、イギリス、フランス、ドイツでも改革が進み、革命も発生している。一八五三年のクリミア戦争では、イギリスとフランスはオスマン帝国を支援して、ニコライ一世側のロシアと戦っている。その後も戦争や紛争が多発している。

ロシアでは、二〇世紀の初め、レーニンたちによってロシア社会民主労働党や社会革命党が結成された。一九〇五年、血の日曜日事件が起こり、モスクワでは労働者の自治組織ソヴィエトが武装蜂起をして、第一次ロシア革命が起こった。一九一七年には二月革命が起こっている。その後十月革命も起こっている。一九二〇年、反革命政権は制圧された。一九二二年に、ロシア、ウクライナ、ベラルーシ、ザカフカースの四ソヴィエト共和国が連合してソヴィエト社会主義共和国連邦を結成した。その後一九二四年に新憲法が公布されている。一九三九年に勃発した第二次世界大戦は一九四五年に終戦となった。東ヨーロッパでは、ポーランド、ハンガリー、ルーマニア、ブルガリア、アルバニアが社会主義を採用することとなった。敗戦国のドイツは分断され、一九四八年六月ベルリン封鎖となり、東ベルリンはソビエト連邦占領地区の東ドイツと共に、西ドイツとは分断された。

しかし、一九五六年、ソヴィエト連邦のフルシチョフ第一書記がスターリン批判をして、アメリカやヨーロッパとの平和共存を提唱した。その後、ポーランドやハンガリーの国々が自由化路線をとるようになっていった。一九八六年に当時ソ連のチェルノブイリで原子力発電所で事故が発生し、数百万人が被災することになった。チェルノブイリはウクライナの北部に位置している。一九八九年、ソ連のゴルバチョフ書記長はアメリカのブッシュ大統領と首脳会談をして、冷戦の終結をした。ハンガリーやチェコスロヴァキアも、一九八九年に議会制民主主義へと移行した。同年一一月にドイツのベルリンの壁が開放され、一九九〇年には東ドイツを西ドイツが吸収し、統一ドイツが実現した。そのような経過を辿《たど》って、一九九一年に東ヨーロッパ社会主義圏は消滅した。同年一二月、ソビエト連邦は解体したが、ロシア連邦はウクライナやベラルーシなどの共和国と共に独立国家共同体を結成することになった。二〇〇〇年にプーチンがロシアの大統領となったが、任期満了の二〇〇八年には一旦退任した。しかし、二〇一二年にプーチンが再度大統領となり、二〇一四年にウクライナがEUやNATO加盟の意向を示すと、ロシアは軍事力でウクライナを攻撃し、ウクライナのクリミアをロシアへの併合へと強行してしまった。

ロシアは、独立国家共同体の一員であったウクライナを、遂に二〇二二年二月二四日にロシア軍でもって侵攻するという、武力攻撃を行ったのだった。

真理が言った。

「どんなことがあっても、軍事力を使って攻撃するのはいけないよね」

愛美も同調した。

「そうよ。二一世紀のこの時代に、戦争をしかけるのは絶対いけないよ」

妖精も同じことを言った。

「まりちゃんとあみちゃんと私も一緒だよ」

そして、妖精は明治時代後の日本についても二人に話していった。

西暦一八六八年に、日本では江戸時代から明治時代へとなっている。一八八九年に大日本帝国憲法が発布された。その後の日本はアジアの各国と戦争を繰り返すことになる。

一八九四年から一八九五年まで日清戦争を行っている。その後一九〇四年から一九〇五年まで日露戦争を行った。その結果、日本はロシアから、韓国に対する指導、監督権を認められることになった。そして一九一〇年に韓国併合条約を強要し、韓国併合を実現させた。世界では、一九一四年に第一次世界大戦が勃発し、一九一八年まで続いた。その後の日本は、一九三一年に満州事変、一九三七年に日中戦争を行っている。そして、世界では遂に一九三九年、第二次世界大戦が勃発し、一九四五年まで続いた。日本は帝国主義であり、軍国主義でもあり、ドイツ、イタリアと日独伊三国同盟を締結した。その同盟の為、アメリカは日本に強硬姿勢を取るようになった。日本が韓国や中国に対しての進攻体勢にも、アメリカは警戒していた。その為、日本は一九四一年、ソ連と日ソ中立条約を結んだ。アメリカは国内の日本資産を凍結し、日本への石油輸出を禁止した。一九四一年九月、東条英機内閣が成立し、一二月、米英に対する開戦を決定した。

一九四一年一二月八日、日本はアメリカのハワイの真珠湾を奇襲攻撃した。しかし、一九四二年六月、太平洋のミッドウェー島沖でミッドウェー海戦を行い、敗北を喫し、戦局は劣勢となっていった。一九四四年一〇月、アメリカ軍がレイテ島を占領、一九四五年三月、硫黄島を占領、四月から沖縄戦となり沖縄を占領し、七月ポツダム宣言によって、日本軍へ無条件降伏勧告を行った。ポツダム宣言を黙殺した日本本土へアメリカ軍は攻撃を続けていった。日本の各地でアメリカ軍の猛攻撃が続いた。無条件降伏をしない日本に対して、一九四五年八月六日、人類史上初めての原子爆弾を投下した。意外にもその二日後の八日、ソ連が日ソ中立条約を無視し、宣戦布告し、中国の満州と朝鮮に侵入した。次の九日、アメリカ軍は長崎にも原子爆弾を投下したのだった。それでも日本陸軍は本土決戦を主張したが、昭和天皇の「聖断」で、ポツダム宣言を受諾し、八月一五日正午、太平洋戦争は終結した。

終戦後、日本はアメリカ連合国の占領下に置かれたが、日本政府が政治を行う間接統治となり、戦争の新しい平和国家へと進むことになった。太平洋戦争までの大日本帝国憲法を改正し、一九四六年一一月三日、日本国憲法を公布し、一九四七年五月三日、日本国憲法が施行されることになった。日本は主権在民、平和主義、基本的人権の尊重という三原則を守る民主主義の平和国家へと、新しい日本が世界の平和に向かって歩きだした。

愛美が妖精の説明を聞いて言った。

「日本とアメリカは、太平洋戦争で大変な戦いをしたのに、今では協力して、世界の平和をめざしているのよね」

「そうよね。戦争の敵国であっても、国の方向を変えていくと、友好国となれるのだから、世界中の各国が本気になって協力していくと、将来は世界が平和になっていくかもしれないね」

と、真理も愛美に賛同した。

妖精も二人に言った。

「戦時中には、日本ではアメリカやイギリスを鬼畜米英と言っていたらしいの。欧米人は鬼や畜生と日本中で言っていたようなの。でも、たとえ外国人であっても、実は人間としてお互いに仲良くできる心温かい人々なのよ。戦争をしてはいけないよね。ウクライナはロシアと共和国連邦として同盟国だったんだし、軍事力を使っての攻撃は、決してやってはいけないと思うよ」

そして、地球環境についても同じように言った。

「地球のように、生物が生きていける美しい惑星は、まだ天の川銀河の中に発見されていけないのだから、世界中の人々が心を一つにして、地球環境を守っていかないといけないよね」

と妖精が言うので、真理と愛美は、妖精と初めて会った時、宇宙や地球の話をしてくれたことを思い出した。妖精は流れ星についても二人に言った。

「星空の美しい夜、流れ星を見ると『よかった』と思う人が多いと思うよ。昔は、星が流れているようだと思ってたらしいの。でも、地球の大気の外の小さな塵が、地球の大気圏に突入すると、その塵は燃えつきて消えるようになっているのよ。それが流れ星なのよ」

と妖精が言うので、真理が言った。

「流れ星って綺麗だもんね。でも本当の星は巨大なのに、流れ星は小さな宇宙の塵なのね。本当に不思議よね。人間が感じることと、真実とは違うことって多いのよね」

と感心した。愛美も、人間が感じていることと真実とは違うこともあるのだと思った。そして、二人は妖精との以前の不思議だったことを思い出した。

初めは地球の磁気だった。人間には何も感じないが、北極から南極へと磁気が流れている。地球の地軸でも、ちゃんと南極から北極へと磁気が流れている。地球外でも、太陽からの電磁波が太陽系を流れている。太陽系の惑星は、太陽を中心にして、お互いに関連しながら、それぞれの軌道を巡っていく。惑星によっては、地球を月が公転しているように、衛星が惑星を公転している。彗星《すいせい》は独自の軌道がある。太陽系は天の川銀河のほんの一部でしかなく、ブラックホールを中心として、無数の恒星と惑星、衛星、彗星等が統一した組となって、天の川銀河を公転している。大宇宙には、他の銀河も独自の公転をしている。

地球は自転しているから、地上からは太陽や月や星々が地球を回っているように見える。しかし、コペルニクスやガリレオ・ガリレイが主張したように、天動説でなく地動説が正しかった。当時はまだ、二〇世紀の天文学的考えはなかったので、宗教裁判でガリレオ・ガリレイは自説を取り下げるしかなかった。天文学の研究が進み、地動説が正しかったことが判明すると、ローマカトリックは、ガリレオ・ガリレイが正しかったと認め、謝罪している。この歴史的事実が大切だということになる。

妖精が言った。

「正しいことは、何時《いつ》か、きっと認められる時が来るのよ。戦争は人間にとって良くない。平和が人の幸せに繋《つな》がることは確かよ。何時《いつ》か『戦争をしてはいけない』という平和的考えが、きっと伝わるわよ」

その後も愛美が加えた。

「私たちの美しい地球は、生物が誕生して、進化を続け、人間も誕生して、文明文化を発展させてきている大切な惑星なんだから、環境破壊から守っていかなくてはいけないよね」

真理もその後を続けた。

「世界のたくさんの優秀な研究者や科学者たちが、科学を発展させてきているので、その科学は悪用されてはいけないのであって、人類の幸せの為に活用されるようにならなくっちゃいけないのよね。人間は悪事から離れて、善行へと歩いていくべきだよね」

それを聞いていた愛美が、少し笑いながら言った。

「まりちゃん、その言い方は、まるで仏教のお坊さんみたいじゃない」

そして、二人は顔を見合わせて笑った。

星のきらめく夜空では、流れ星も星に見えるし、「あっ、星が動いている」と思ったら星ではなく、人工衛星だったりもする。人間には磁気は感じられないが、色にしても音にしても、人間に感じられない色や音もあり、他の動植物はそれらの色や音を認識している場合もある。色では、赤外線や紫外線は人間には見えない。音では、超音波や低周波は人間には聞こえない。動植物の体内時計は、人間よりも正確に働いている。人間にも体内時計はあるが、物体として体内にあるのではなく、人間の脳や臓器が全体として時間を感じ取っている。人間も他の動植物も、長い地球の歴史と共に、地球から誕生してきたからではないだろうか。

真理と愛美と妖精は、この碧くて美しい地球を人間が守らなくてはいけないと思った。地球の環境を汚染してはいけない。戦争をしてはいけない。平和な世界であってこそ、生物の命が生きていける美しい地球が存在できるのだと強く思った。

妖精が言った。

「まりちゃん、あみちゃん、もしこの空高く上っていったら、どんなことが心配になる?」

真理と愛美は、それぞれ思いついたことを言っていった。

空高く上っていくと、気温が低くなっていく。気圧も低くなっていく。酸素も薄くなっていく。上空では空気が流れていると、飛ばされる。寒いし、呼吸困難となり、生命の維持は難しい。

妖精は、また二人に聞いた。

「まりちゃん、あみちゃん、二人は私を信頼している?」

「当然よ。私たち、妖精ちゃんを大好きだもん」

と真理は言って、同意を求める様子で愛美に向かって、顔を上からゆっくりと下へと動かした。愛美も同じように顔を動かしながら、妖精に向かって言った。

「私も大好きよ。妖精ちゃんと一緒にいると、本当に幸せなんだもの」

妖精は安心して、優しい顔で二人に言った。

「私の右手に、どちらか一人の左手で軽く握って。別のもう一人が、右手でもって私の左手を、同じように軽く握って」

妖精の右側に真理がいって、左手で妖精の右手を軽く握った。そして、愛美が妖精の左側にいって、右手で妖精の左手を軽く握った。すると、真理と愛美の身体がフワッと緑の大地から浮いた。でも、二人は少しも怖くはなかった。フワッとゆったりとした状態で、青空へと向かってゆっくりと上昇していった。上昇しながら、それまでいた緑の大地に目をやると、その大地は雑木林を下っていく草地の坂となっていて隣町へと向かっていると、二人の目には映った。上へ上へと昇っていくのだが、寒くもなく、息も大地にいた時と同じように自然で、まったく苦しくはなかった。二人が生活している地元の風景が段々と小さくなっていった。近隣の山や海が見る見る遠ざかっていく。雲も通過していき、霧に包まれるが、体が濡れることもまったくない。雲が下になり、飛行機の窓から地上を見ているようになった。下に見える陸地が小さくなっていき、青い海に囲まれていった。真理と愛美はただ驚いた気持ちにはなるのだが、まったく怖い気持ちにはならなかった。下の陸地は、まるで地図帳の日本のようだ。南の海は太平洋なのだろうか、二人の目下に広がっている。青かった空が段々と水色になっていった。空気は薄いはずなのに、息は苦しくないし、身体も寒くなく、緑の大地にいた時と同じだった。さらに昇っていき、上空が水色から暗くなっていった。下に目をやると、なんと地球の形をした碧い球体に白い雲が浮かんでいる。上空は暗黒なのだが、真理と愛美は本能的に、ギラリと光る物体を見ようとはしなかった。ただ碧く美しい惑星を凝視し続けていた。

真理と愛美の目から涙が溢れた。その惑星は美しい。本当に美しい。嬉し泣きということもあるが、美しさに涙が出るのだと、真理と愛美は感じた。その感動が妖精に伝わったのだろう。妖精は二人と軽く手を握ったまま、また元の緑の大地へ向かって下降し始めた。真理と愛美にも、地球の緑の大地へ戻るのだということは分かった。本当に不思議なのだが、二人の体調は緑の大地にいた時とまったく変わらず、気持ちに不安はまったくなかった。

戻っていく時は、上昇した時とは、ちょうど同じような逆の光景が二人の目に流れていった。青い空も白い雲も美しかった。青い海も美しかった。そして緑の大地も美しかった。下降し続けながら、真理と愛美は、

「心から世界中の人々が信頼し合って、平和を求めて仲良くし、美しい地球を守っていかなくてはいけない」

と強く思った。

上空や周辺に目をやっていた真理と愛美が、下に目を向けると、そこには上空へ向かって出発した時の緑の大地が近づいていた。

「もうすぐ日常に戻るのだ」

と二人は感じた。そして、ゆっくりと緑の大地に着地した。真理は愛美の顔を見た。愛美の目に涙が流れた後の様子が浮かんでいた。同じように、愛美も真理の顔を見

た。真理の目にも涙が流れた後の様子が浮かんでいた。二人はお互いの顔を見合わせて笑った。二人は妖精に向かって、

「妖精ちゃん、有り難う。本当に良かった」

と言って、両手を重ねて、妖精と手を握りあった。そして、

「また、ここで会いましょうね」

と妖精に伝えた。妖精も二人に応えて、

「私もまりちゃんとあみちゃんと仲良しになれて、とても嬉しい」

と言って、再会を約束した。

まだ空に青さは残っているが、太陽も西へと向かっている。この日も、妖精と真理と愛美に心地良いそよ風が吹いていた。愛情の心で信頼しあって、お互いが明日へ向かっていると確信しているので、本当に幸せだった。

あとがき

『景子の緑の大地』の原稿で、社会人となった景子と後輩の大学生の仁美は、『真理と愛美』という作品では、二人の高校生へと変更しました。『真理と愛美』の中で、妖精が登場してきたので、今回は『妖精ちゃん』を書きました。

出版に際し、鉱脈社の方々に感謝しています。そして、読んでくださる読者の方々にも感謝しています。本当に有り難うございました。

参考文献：図解雑学『仏教』ナツメ社　廣澤隆之著
『仏教のすべて』日本文芸社　田代尚嗣著
図解雑学『キリスト教』ナツメ社　挽地茂男著
『キリスト教』日本文芸社　宇都宮輝夫　阿部包共著
『入門　世界の三大宗教』幻冬舎　保坂俊司著
図解雑学『心と脳の関係』ナツメ社　融道男著
『脳のしくみ』新星出版社　富永靖弘発行者
『からだのしくみ事典』成美堂出版　浅野悟朗監修

[著者略歴]
服部　達和（はっとり　たつかず）

著書　『生きる　女優吉永小百合が中学生だった頃
一体誰を好きだったのか』（2012年　鉱脈社）
『景子の碧い空』（2018年　鉱脈社）
『景子の青い海』（2020年　鉱脈社）
『真理と愛美』（2021年　鉱脈社）

妖精ちゃん
35

二〇二三年三月十三日印刷
二〇二三年三月三十一日発行

著　者　服部達和©
発行者　川口敦己
発行所　鉱脈社
〒八八〇-八五五一
宮崎市田代町二六三番地
電話〇九八五-二五-一七五八

印刷
製本　有限会社　鉱　脈　社

印刷・製本には万全の注意をしておりますが、万一落丁・乱丁本がありましたら、お買い上げの書店もしくは出版社にてお取り替えいたします。（送料は小社負担）

© Tatsukazu Hattori 2023

著者既刊本

景子の碧い空

人生って単純？　複雑？　それでも地球は碧く美しい。
人生は苦難の連続。そんな時でも宇宙に目を向けてみると……

四六判並製　本体1400円＋税

景子の青い海

人間は無限ではなく、有限。地球環境を改善し、慈悲の心、思いやりの心、博愛の心に満ちた平和な世界を願う著者渾身の一冊。

文庫判並製　本体700円＋税

真理と愛美

「私たちの住む地球はどうなっているの？　どうなるの？」
二人の高校生が、妖精と語りあい、考えあう一冊。

文庫判並製　本体600円＋税